James Gold

Das Dorf

Bibliografische Information der Deutschen Nationalbibliothek:
Die Deutsche Nationalbibliothek verzeichnet diese Publikation in
der Deutschen Nationalbibliografie; detaillierte bibliografische
Daten sind im Internet über http://dnb.dnb.de abrufbar.

Lektorat: Peter Michael

Umschlaggestaltung: Fredrik Forsblad

Umschlagfoto: wilhei/pixabay

Verlag: BoD · Books on Demand GmbH, In de Tarpen 42,
22848 Norderstedt
Druck: Libri Plureos GmbH, Friedensallee 273, 22763 Hamburg

ISBN: 978-3-7693-1217-1

Spielmann war vor fünfzehn Jahren ins Dorf gekommen, als er es überraschend geschafft hatte, jene Belastung und Belästigung, die sich Arbeit nennt, mittels eines angenehmen Betrags ererbten Geldes hinter sich zu lassen, und sich stattdessen seiner Leidenschaft, der Malerei, zu widmen, verbunden mit der langersehnten Flucht aus der großen Stadt, weg von Menschenmengen und Verkehrsströmen, hin an einen Endpunkt auf der Landkarte, hinein in Stille, Grün und Langsamkeit, darüber hinaus Abgeschiedenheit und seinetwegen auch – so wie es jene verächtlich nannten, die geteerte Straßen, Autobahnanschlüsse und reichlich Parkplätze für den letzten Stand des Glücks hielten – Rückständigkeit.

Alt war das Dorf: Die Aufzeichnungen sprachen von einer Gründung vor über eintausend Jahren, und es war seither kaum gewachsen, denn immer noch wohnten an der in Ost-West-Richtung verlaufenden Hauptstraße und den wenigen Seitenstraßen nur ein paar Hundert Einwohner. Und es war nicht nur alt, sondern auch einsam gelegen: Die Nachbardörfer lagen weit verstreut, das nächste ließ sich mit dem Wagen zwar in immerhin knapp zehn Minuten erreichen, aber Spielmann besaß gar keinen Wagen, er hatte, als er angekommen war, nur ein altersschwaches Fahrrad sein Eigen genannt, das sich nach ein paar Jahren aufgrund der ausgiebigen Nutzung als zu ausgeleiert für eine Wiederinstandsetzung herausstellte, und hatte sich daraufhin von einem großen Versandhaus ein neues mit großem Gepäckkorb zwischen den beiden Hinterrädern bestellt, mit dem man ihn seither durch das Dorf und, zwischen Mooren und Moosen, auch ins nahegelegenste Nachbardorf treten sah, denn dieses verfügte über einen reichhaltigen Supermarkt, das Dorf hingegen nur über einen traurigen Krämerladen für die kleinsten Ansprüche.

Das Ehepaar, welches das Haus, das jetzt Spielmanns war, drei Jahre nach dem Krieg gebaut hatte, war nach weiteren fünf Jahren weitergezogen, oder vielmehr, nicht weiter, sondern wieder zurück in die Stadt, weil es ihm hier draußen zu ruhig geworden war und man Heimweh nach städtischem Getriebe, nach dem vertrauten Geräuschhintergrund, nach der breiten Ringstraße, der

Straßenbahn, der Oper und den Filmtheatern verspürte, und dies war Spielmanns Glück und Gelegenheit gewesen, und er hatte den Kauf sofort zugesagt und daheim seine Spuren verwischt. Das Haus hatte seinen abgeschiedenen Platz am Ende einer von der Hauptstraße nach Norden abzweigenden unbefestigten Seitenstraße, welche fast ausschließlich dem landwirtschaftlichen Verkehr diente, und nur zur Sommerzeit kam es ab und an vor, dass sich durchreisende Urlauber bis hierher ans offene Feld verfuhren, ihren Wagen dann nach kurzer Ratlosigkeit und prüfender Inansichtnahme der Landkarte wendeten und zurück Richtung Hauptstraße steuerten; Spielmann hatte dies des Öfteren beobachtet. Für ihn war dies kleine Haus genau jenes Gehäuse, nach dem er sich immer gesehnt hatte, bot es ihm doch nicht üppig, aber ausreichend Platz, sicherte ihm dazu die Ruhe, die er schätzte und brauchte, und gewährte ihm den von ihm so geliebten Blick über freies, flaches Land.

Seit Spielmann keiner regelmäßigen Arbeit mehr nachging, horchte er nur noch auf seine innere Uhr und jenen natürlichen Takt, mit dem sie ihn steuerte, was dazu führte, dass er oft, wie viele schöpferisch tätige Menschen, nachts den unruhigen Hausgeist gab und dafür tagsüber das Bett aufsuchte. Zwar konnte er abends im Schein der Lampe mit dem Bleistift Entwürfe zeichnen, für das Malen in Öl jedoch brauchte er das gleichmäßige Tageslicht von Norden durch das von Grünpflanzen halb zugestellte Sprossenfenster seiner Malstube, und so blieb ihm oft nichts anderes übrig, als sich über mehrere Tage hinweg mühsam ‚zurückzurunden‘, so wie er es nannte, sich also an Tätigkeit bei Tageslicht und Ruhe bei Nacht zu gewöhnen. Gelang ihm dies und fand er frühmorgens aus dem Bett, gönnte er sich von Zeit zu Zeit eine kleine Belohnung in Form eines Mittagessens im Gasthaus, und dies war auch für den heutigen Tag sein fest eingeplantes Vorhaben, so ging er zur gegebenen Zeit die Straße hinunter und besetzte, einmal angekommen, seinen angestammten Fensterplatz. Von hinter dem Tresen, Gläser spülend, grüßte ihn der Wirt mit einer flüchtigen Geste, rief etwas nach hinten, und die Bedienung kam an den Tisch. Spielmann bestellte sein Essen und griff dann nach der bereitliegenden Zeitung. Als der Wirt dies sah, rief er ihm zu, er solle zunächst die Seite drei lesen. Spielmann sah kurz hoch, blätterte dann zur gewünschten Seite, fand anhand der dicken Überschrift, in welcher der Name des Dorfes genannt war, den betreffenden Bericht und las. Als die Bedienung ihm das Essen brachte, deutete er darauf und fragte, ob sie die Neuigkeiten schon erfahren hätte, und sie nickte mit leidvollem Gesichtsausdruck und sagte, es sei eine Schande, aus der Zeitung erfahren zu müssen, dass man seine Heimat verliere, und sie wisse jetzt nicht, wohin. Spielmann las beim Essen den Bericht noch einmal, auf der Suche nach etwas, das er vielleicht übersehen hatte, fand aber nichts Neues mehr, und legte die Zeitung beiseite. Jetzt ist es also aus, dachte er.

Unter dem Dorf lag Braunkohle. Schon seit Jahren war bekannt, dass die Stromgesellschaft des Landkreises längst in Verhandlungen mit Politik und Verwaltung stand, um die Vorkommen endlich ausbeuten zu können, und jetzt war alles genehmigt, gesichert, unterschrieben und beschlossen: Die Gesellschaft würde ihre Braunkohle bekommen, und dafür musste das Dorf weg – man würde zunächst die Bewohner umsiedeln, dann alle Häuser abbrechen, die Landschaft im und ums Dorf einebnen, und dann würden die Kohlebagger kommen und sich tief in die braune Erde fressen.

Dass mir das noch passieren muss, dachte Spielmann. Er war sich sicher gewesen, dass der Umzug hierher sein letzter gewesen war, dass er hier zur Ruhe kommen, die zweite Hälfte seines Lebens genießen und auch hier sterben würde. Aber die Stromgesellschaft wollte nicht, dass er hier sein Leben weiterhin genießen konnte, sie wollte ihn verpflanzen und woanders sterben lassen. Jeder Hausbesitzer würde ausbezahlt, um sich ein neues Heim im gleichen Wert leisten zu können, sagte die Zeitung, und binnen drei Jahren musste der letzte Mensch das Dorf verlassen haben. Alles war längst geplant, und jetzt würde das, was geplant war, Punkt für Punkt umgesetzt.

Als Spielmann die Rechnung beglich, kam ihm etwas anderes in den Sinn, und er fand, es wäre eine gute Möglichkeit, die Bedienung aufzuheitern, so fragte er sie, ob sie sich mittlerweile entschlossen habe, sich von ihm malen zu lassen, und sicherte ihr noch eine angemessene Entlohnung für jede Sitzung zu. Seine Absicht beförderte die gewünschte Wirkung, denn in das Gesicht der Frau kehrte die Helligkeit zurück, die es aufgrund der schlechten Nachrichten verloren hatte, und er konnte hinter ihren Augen die Gedanken eifrig hin und her wandern sehen.

„Ich komm", sagte sie schließlich mit entschlossenem Ton in der Stimme.

Spielmann ging nach Hause, langsam, die Hände in den Jackentaschen, zu Boden blickend. Von irgendwoher vernahm er ein klapperndes Geräusch, und der Maler sah auf. Auf einem Stuhl vor dem Haus des Waldarbeiters Krull saß der Bauer Modersohn, an einem Apfel kauend, der Waldarbeiter stand hinter ihm und schnitt ihm das Haar, das in dünnen grauen Büscheln herabrieselte, welche umgehend Opfer eines flüchtigen Windstoßes wurden, der sie zunächst über das Erdreich und dann hinein in eine Hecke blies. Der Bauer rief Spielmann zu, ob er schon die Neuigkeiten vernommen habe, und dieser nickte. Mit vollem Mund ließ der Bauer ein paar undeutliche Schimpfworte hören und drohte dabei mit dem Apfel in der Faust einem unsichtbaren Gegner. Spielmann nickte ihm halbherzig zu und beeilte sich weiterzugehen, denn er hielt es für Zeitverschwendung, sich nun mit jedem Dorfbewohner über das Unvermeidliche, dem man nicht entrinnen konnte, unterhalten zu müssen, und er fand, es sei viel angebrachter, schnell Maßnahmen zu ergreifen und das eigene Geschick in die Hand zu nehmen.

Als er sein Haus erreichte, kam vom Feldweg das Postauto, das wohl, wie schon öfter in dringenden Fällen, zum Bauern Fenk hinaus aufs Feld gefahren war. Spielmann ahnte, was passieren würde, so blieb er stehen und wartete, bis das gelbe Fahrzeug neben ihm hielt. Der Postmann kurbelte die Scheibe runter, grüßte und hielt ihm einen Umschlag hin. Spielmann nahm den Brief, dessen Absender die Gemeindeverwaltung war, entgegen, und das Postauto entschwand in einer kleinen Staubwolke. Nachdem Spielmann ihm einige Augenblicke lang gedankenlos nachgesehen hatte, drehte und wendete er den Umschlag einige Male, ging dann ins Haus und legte ihn ungeöffnet neben die Obstschale auf den Küchentisch. Ein schönes Bild, dachte er dabei, ein schönes Stillleben: Obstschale mit Nerobefehl.

Spielmann suchte seine Malstube auf, trat vor die Staffelei und betrachtete das Bildnis der Bäuerin Modersohn, an welchem er über die letzten zwei Wochen hinweg gearbeitet hatte. Er blickte dem stummen Antlitz in die Augen, so als ob er hoffte, darin lesen zu können, was ihm an dieser Arbeit noch nicht gefiel. Das Gesicht an sich schien ihm gelungen, es gab sich voll und glänzend und apfelrot wie jenes der Bäuerin selbst, auch zeigten die Augen wirklichkeitsnah und überzeugend deren so kindlich wirkende Arglosigkeit, und die dörfliche Tracht leuchtete farbkräftig, aber ein Verdacht ließ den Maler nicht los, nämlich dass er die Arme der rundlichen Frau viel zu lange gestaltet hatte, und dass zudem ihre Hände zu groß seien. Er trat ein paar Schritte zurück, kniff das linke Auge halb zu, näherte sich mal von der einen, mal von der anderen Seite dem Gemälde, aber von welchem Blickwinkel er es auch betrachtete, die Arme der Bäuerin Modersohn wurden nicht von selbst kürzer, und auch ihre Hände behielten ihre Übergröße, und nun wurde dem Maler klar, dass die ganze untere Hälfte des Bildes misslungen und nicht zu gebrauchen war. Der erste Gedanke war jener der vollständigen Zerstörung, aber er sann nach Ersatzmöglichkeiten, und der nächste gegebene Weg, wenn es schon keine vollständige Zerstörung sein sollte, schien ihm eine Teilzerstörung, um zu retten, was noch zu retten war. Das scharfe Messer war schnell bei der Hand, doch bevor es sein Werk verrichten konnte, löste Spielmann die Leinwand vom Rahmen, breitete diese auf dem Boden aus, maß um das pausbäckige Gesicht der Bäuerin ein großes Viereck aus und schnitzte endlich mit der blitzenden Klinge die überschüssigen Anteile weg. So lag die Bäuerin nun da, ihrer Arme und Hände beraubt, als Trachtenoberkörper in Hut und Schmuck, ein vollendetes Opfer ihres Schöpfers und anschließenden Verstümmlers. Spielmann saß eine Weile bei ihr am Boden, die Hände um die Knie geschlungen, und besah mit schief hängendem Kopf sein Werk an seinem Werk, so als ob er darauf wartete, dass die Hingemarterte zu ihm sprechen und ihre Meinung über diese Meuchelei kundtun würde. Aber die Bäuerin Modersohn schwieg und sagte nichts über ihre zu langen Arme und zu großen Hände, die jetzt als ein in eckige Einzelstücke zerteiltes Rätselbild verstreut auf dem Boden neben ihr lagen. So musste Spielmann seine Entscheidung allein treffen, und er traf sie, in dem er aufsprang, den Kopf der geschundenen Frau auf der Staffelei abstellte, dann nach einem Holzrahmen, dessen staubiger Goldlack nur noch müde schimmerte, griff, und die Bäuerin hindurchschauen ließ. Sie sieht aus wie geköpft, dachte er, oder nein, dachte er weiter, sie sieht aus, als hätte ihr jemand die Arme abgeschnitten. Er trottete auf dem knappen Raum seiner Malstube von einer Ecke in die andere, sah zum Fenster hinaus, als könne er von den Feldern und dem Waldrand eine bessere Lösung ablesen, sagte „Hm hm", und niemand kam ihm zu Hilfe. Schließlich beschloss er, die Spuren der Hinrichtung zu beseitigen, legte Kopf und Hände und Arme der Bäuerin im Wandschrank ab und säuberte hinterher ein wenig das Zimmer, auf dass niemand ihm diese Gewalttat je würde nachweisen können.

Spielmann ging zurück in die Küche, naschte von den Weintrauben der Obstschale, betrachtete dabei den Brief der Gemeindeverwaltung, von dem er ohnehin wusste, was darin stand, und als die letzte Beere vertilgt war, schlitzte er den Umschlag mit Hilfe eines Kugelschreibers auf, entnahm einen dicken Packen an Papieren und überflog nur mit halbem Auge die erste Seite, sparte sich die restlichen Blätter, legte danach alles wieder in den Umschlag zurück und diesen auf den Küchentisch. Nach frischer Luft ward ihm dann, nach Durchatmen und Befreiung, so verließ er das Haus und schritt auf dem Feldweg nordwärts, die Hände wieder in den Jackentaschen, den Kopf vielleicht etwas zu tief hängend, denn Spielmann war im Grunde niemand, der zurückschaute und um Vergangenes trauerte, manchmal jedoch um Vergehendes. Ich kann überall glücklich werden, dachte er, und die Stromgesellschaft wird mir als Mittel zum Zweck dienen, es noch schöner zu haben als hier. Zwar schätzte Spielmann die einfache Schönheit seiner unmittelbaren Umgebung – das üppige Waldstück, den jahreszeitlichen Wechsel der Felder, die unbefestigten Wege, den endlosen Himmel –, dennoch gab es bis hinauf zur großen Stadt und auch darüber hinaus noch viel unverbautes, natürliches Land, und es wäre vermutlich am sinnvollsten, so dachte er weiter, wenn man sofort mit der Stromgesellschaft und der Gemeinde in Verbindung träte und so schnell wie möglich, nachdem alles, was mit Geld zu tun hatte, geklärt war, mit dem Auffinden einer neuen Heimat beginnen würde. Geplant war, das wusste Spielmann jetzt, in einigen Kilometern Entfernung, außerhalb der Reichweite der Braunkohlebagger, auf Brachland eine neue Siedlung entstehen zu lassen, ein Gedanke, der ihn jedoch nicht beruhigte, weil er dabei an rechtwinklige Wohngebiete, an breite Straßen und Parkplätze, an öde Häuser mit Einscheibenfenstern und Flachdächern dachte, und er auf keinen Fall gewillt war, sich dort ruhigstellen und ablegen zu lassen. Aber man würde sehen, was die Stromgesellschaft bereit war, anzubieten, und Spielmann war entschlossen, ihr das bekannte Messer auf die Brust zu setzen und sich dann mit ebenjenem Messer das beste Stück aus einem hoffentlich üppigen Kuchen herauszuschneiden.

Der Maler trottete weiter voran, den Kopf jetzt wieder selbstbewusst erhoben und den Blick ohne Scheu dorthin gerichtet, wo Himmel und Erde zusammentreffen, stets im sicheren, festen Tritt des geübten Landmannes, bis er schließlich eines ihm Entgegenkommenden gewahr wurde, und auch, dass dieser Entgegenkommende einen Hund bei sich führte, was Spielmann, der unter einem ausgesprochenen Ungefühl für alles bellend Vierbeinige litt, ein spürbares Unbehagen bereitete, denn auch im Weggang der Zeit im Dorf hatte er sich nie an die Gegenwart der dort zahlreich vorhandenen Hunde aller Arten und Größen gewöhnen können. Bald konnte er zu seiner Erleichterung ausmachen, dass der Hund an der Leine gehalten wurde, und dann erkannte er auch dessen Besitzer, es war der wohlhabende Vetter des Bauern Modersohn in voller Jagdausrüstung, auf seiner Brust das umgehängte Fernglas, auf seiner Schulter die Jagdwaffe, deren Rohr in den dünnen Sonnenstrahlen achtungsvermittelnd blitzend. Als Spielmann sah, dass der Hundebesitzer seinen Besitz mit aller Kraft zügeln musste, um diesen vor einem zähnefletschenden Angriff oder zumindest von einem Ausbruchsversuch abzuhalten, hätte er, das Herz ihm im Hals wütend, am liebsten kehrtgemacht oder wäre gern querfeldein geflohen, aber es war zu spät, der Jäger hatte ihn längst erkannt, zog jetzt mit beiden Händen noch fester und würgender an der Leine, um seinen besten Freund zu bändigen, und nun standen sich die beiden Männer gegenüber, grüßten einander, kamen aber zunächst nicht weiter, denn der Jäger musste zunächst ausgiebig auf das Tier einschreien, bis es sich beruhigte und widerwillig zuckend neben diesem Platz machte. Man sprach dann über die derzeitige Witterung und nicht etwa über die bevorstehenden Ereignisse, welche die Zukunft des Dorfes betrafen, und Spielmann hatte den Eindruck, dass sein jagdgrün eingekleidetes Gegenüber von den neuesten Entwicklungen noch gar nichts wusste, und dies war ihm durchaus recht. Der Waidmann erzählte, er sei in der Absicht unterwegs, die Begabung seines Hundes auf dem Gebiet des Aufspürens von Jagdbeute zu erproben und zu schulen, aber dieser hätte zu seinem Leidwesen darin umfangreich versagt. Spielmann fühlte sich genötigt, höflichkeitshalber nach den näheren Umständen des genannten Unterfangens zu fragen und bekam erklärt, dass der Jäger den kleinen Sohn seines Nachbarn – er selbst verfügte über keine Kinder – als Beuteersatz eingesetzt habe, indem er den Hund zunächst reichlich an dem Kind hätte schnüffeln lassen, dieses sich dann in einem Waldstück versteckt und er wiederum mit dem treuen Tier sich aufgemacht habe, den Jungen mittels der empfindlichen Nase des Hundes zu finden. Jedoch, erklärte der Jäger bitter, das Tier sei nicht bei der Sache und unaufmerksam gewesen, sei zu viel hin und her und in die falsche Himmelsrichtung gestürmt, habe wohl allerlei Düfte in der Nase gehabt, nur nicht den gewünschten, so dass die Beute nicht aufgespürt werden konnte, und dass es noch ein steiniger Weg würde, in dem kostbaren Vierbeiner mehr Verständnis für diese schwierige Kunst zu wecken. Spielmann pflichtete ihm wortkarg und angedeutet nickend bei, so als ob er viel von der Jagd verstünde, nickte auch einmal dem Hund zu, so als ob er auch was von Hunden verstünde. Dann lenkte der Jäger mit einem Mal das Gespräch in eine ganz andere Richtung: Ob Spielmann bemerkt habe, dass heute am östlichen Ortsausgang mit dem Bau eines kleinen Holzhauses begonnen wurde, und ob er denn wisse, von wem und zu welchem Zweck? Spielmann wusste es nicht, er hatte davon noch nichts gehört, ahnte jedoch schon, in welchem Zusammenhang dies geschehen war, sagte aber dem Jäger nichts. Der Jäger kündigte dann an, er wolle noch einmal in den Wald hinüber, ob Spielmann nicht geneigt sei, ihn zu begleiten, aber dieser lehnte bedauernd ab, und so gingen die beiden Männer ihres Weges, der Jäger vom Hund gezerrt hinüber zum Wald, und Spielmann eilenden Schrittes nach Hause, um nicht noch mehr Aufspürhunden zu begegnen. Erst am frühen Abend verließ er noch einmal sein Haus und machte sich auf die Suche nach der vom Jäger behaupteten Baustelle am Ortsrand. Das angefangene Holzbauwerk, das er vorfand, mochte kaum mehr als fünf mal sechs Meter messen und war noch ohne Dach, ebenso fehlten Fensterglas und Türen. Spielmann ging ein-, zweimal um die Hütte herum, fand aber keine Hinweise darauf, von wem und warum diese hier errichtet worden war, und machte sich dann wieder auf den Nachhauseweg, die Hände auf dem Rücken verschränkt, im nachdenklichen Trott, aber den Kopf bereits wieder höher als noch zuvor beim Spaziergang über die Felder. Es überholte ihn ein Traktor, der Bauer Fenk nickte ihm vom Fahrersitz aus zu, Spielmann nickte zurück, und er beobachtete, wie der Bauer sein landwirtschaftliches Gefährt schneidig und in ungezügelter Fahrt in seine Hofeinfahrt lenkte, den Motor abstellte und vom Sitz sprang, während seine Frau zur Tür raustrat, mit ihr der Hofhund, der beim Anblick Spielmanns sogleich mit zornigem Gekläff auf diesen losstürmte, an der Grundstücksgrenze jedoch innehielt, und Spielmann ging weiter, als hätte er das wütende Tier kaum bemerkt, während ihm doch ganz heiß geworden war.

*

Als Helga, die Bedienung aus dem Gasthof, zum vereinbarten Zeitpunkt bei Spielmann erschien, um sich malen zu lassen, schickte sie der Maler zunächst nach oben unters Dach, in seine Schlafkammer, wo sie sich die in einer großen Tasche mitge-

brachte Tracht anziehen, ihren Schmuck anlegen und schluss-
endlich den blumenbesteckten Hut aufsetzen konnte. Spielmann
betrachtete dies alles anschließend im natürlichen Licht seiner
Malstube sehr genau, er konnte das zu entstehende Bildnis längst
fertig in seinem Kopf sehen und legte Wert darauf, dass die echte
Helga diesem Abbild so ähnlich wie möglich sein sollte, so war
ihm der Sitz der blausamtenen Kopfbedeckung genauso wichtig
wie die Lichtpunkte der vielgliedrigen Kette um Helgas Hals
sowie der der üppige Glanz der schwersilbernen Kugelohrringe,
und er ordnete die dunkelbraunen Lockenwellen seines Modells
so lange und mit zärtlich formenden Fingern, bis sich die gewünschte flimmernde Brechung des Lichts auf ihnen einstellte,
und opferte danach die meiste Zeit dem mit spitzem Zeigefinger
und Daumen vorgenommenen Zurechtzupfen des um ihre Schultern geschlungenen Tuches, um einen möglichst geschmackvollen
Faltenwurf zu erzielen. Spielmann war darüber hinaus froh, dass
Helga nicht so weit gegangen war, die blassen Flächen und
Schwünge ihres Gesichtes mit Schatten, Strichen und Farben aus
dem Schminkkasten hervorzuheben, denn für ihn fand es seinen
Reiz in der ausgeprägten Natürlichkeit seiner starken Umrisse
und harten Kanten, von den blockartigen Augenbrauen und den
wie geschnitzt wirkenden Wangen über die Krümmung ihrer
scharfgratigen Nase bis hinunter zum fast kastenförmigen, jedoch
von einem sanften Grübchen weichgezeichneten Kinn. So war
Spielmann es zufrieden, betrachtete das hell glänzende Antlitz der
dabei etwas misstrauisch dreinblickenden Frau noch einmal von
allen Seiten, machte sich dann an der Staffelei mit Pinsel und
Farben zu schaffen und freute sich über das vom kleinen Sprossenfenster einfallende zarte Tageslicht, das Helgas dunkle Augen mit
sanftem Glanz erwärmte. Der Pinsel tat auf dem vorher aufge-
tragenen, sehr dunklen, aber nicht schwarzen Hintergrund den
ersten Strich, eine weiche Andeutung der Stirn, der Wange, des
Kinns, dann mehr Stirn, Wange, Kinn, mehr Stricheln, mehr
Tupfen, mehr gemaltes Licht, das dem Fest der Farben mit seinem
Spiel aus Hell und Dunkel Leben und Tiefe verlieh. Spielmann
malte mit höchster Genauigkeit, dabei verharrte er jedoch nie
unnötig lange an einem Punkt, begann beispielsweise mit den

Umrissen der Augen, fand dann Zeit für eine Einzelheit am Ohr, flog schnell über Lippen und Hals hinweg und kehrte wieder zu den Augen zurück, scheinbar ohne Plan und Grundsatz, aber in jedem Fall, wie man am schnellen Wachsen des Bildnisses eindrucksvoll verfolgen konnte, zielführend. Still blieb es dabei in der Stube, denn die Bedienung Helga schwieg, offenbar aus der Unsicherheit heraus, ob denn Sprechen erlaubt sei in der Malerei, so als ob sie mit sich bewegenden Lippen Gefahr liefe, dem Bild eine Unschärfe hinzuzufügen, und Spielmann, der wusste, dass die meisten jener von ihm Gemalten genauso unsicher dachten, fiel es gar nicht ein, sie zum Sprechen anzuregen, im Gegenteil, ihm waren Ruhe und Bewegungslosigkeit seiner Modelle nur recht, und so waren der zeitweise, vom angekippten Fenster durchgelassene zurückhaltende Vogelgesang und das gelegentliche Tuckern eines Traktors in der Ferne der Felder die einzigen hörbaren Untermalungen bei dieser ersten Sitzung zu Helgas Bildnis. Und Helga regte sich nicht, behielt während der ganzen Zeit ihre Sitzhaltung bei, ließ die silberberingten Finger bewegungslos ineinander verschlungen, und zu seiner leisen Belustigung schien es Spielmann, dass die Frau mit dem so eindrucksvoll kantig-schönen Gesichtszügen sich sogar bemühte, das Atmen flach zu halten und das Blinzeln der Augenlider überhaupt ganz einzustellen. Aber er hielt das soeben Gedachte für nicht ganz höflich, unterstellte er ihr damit doch voreilig eine Schlichtheit im Denken, und fragte sie endlich, um Leben in sie zurückzuholen, ob ihr ein Glas Wasser lieb wäre. Damit ausgerüstet, entspannte sich die zu Malende etwas, ihre Sitzhaltung lockerte sich, ihre Hände entkrampften, ihre Lippen, im feuchten Glanz, schienen voller und wohlwollender, selbst ihr Blick entstarrte sich. Den Maler spornte dies an, und im Versuch, das nunmehr heller gewordene Gesicht auf die Leinwand zu übertragen, wurde sein Strich schneller, die gewählten Farben wärmer, und auch auf den bislang nur flüchtig angedeuteten ineinandergeflochtenen Blüten ihrer Kopfbedeckung entzündete er mit zwei, drei kühnen Tupfern flammend rote und gelbe Glut. Schon flog der Pinsel wieder niedriger, und das farbtriefende Rotmarderhaar zauberte unter der geschulten Hand des Meisters auf die bislang nur in grauen Strichen angedeutete Halskette strahlende Lichtpunkte, so dass das Schmuckstück ins Körperhafte und Wirkliche wuchs, auf dass man es greifen und entwenden hätte mögen. Der Faltenwurf, so war Spielmanns nächster Gedanke, ich muss den Faltenwurf des Schultertuchs heute noch beginnen, so einen Faltenwurf kriege ich nicht noch einmal. Milchiges Weiß und metallisch schillernde Silberfarbe flossen auf der Palette ineinander, saugten sich ins Pinselhaar und tropften auf den dunklen Untergrund, den glänzenden Augen und dem hellen Gesicht noch mehr Licht verleihend, während der Maler nicht nur Form und Umrisse des weißen Tuches schuf, sondern jetzt schon auch, mit zärtlichstem Strich, hinreißende Feinheiten, wie einzelne Fasern der Häkelborte, welche das Tuch einfasste. Dann beschloss Spielmann, die geduldige Helga für den heutigen Tag zu erlösen. Fast drei Stunden hatte sie auf ihrem Stuhl ausgeharrt, unterbrochen nur von einer kurzen Entspannungspause, um mit ein paar Schritten auf und ab die versteiften Glieder zu beleben. Jetzt, wo es vorbei war, bewegten sich auch ihre versteinerten Gesichtszüge wieder, den Maler traf ein verlangender Blick, und Helga fragte, ob sie sich selbst betrachten dürfe. Er winkte sie an seine Seite. Sie sah kurz hin, legte die Hand vor den Mund, schaute ihn stumm an, und ihre Augen lachten.

*

Am nächsten Tag schwang Spielmann sich auf sein Fahrrad, denn es galt, zwei Ziele anzufahren, erstens den Lebensmittelmarkt im Nachbarort, um den zur Neige gehenden Vorrat in der Speisekammer aufzufüllen, zweitens die neu errichtete Holzhütte auf dem Dorfanger, um zu sehen, ob sich Spielmanns Vermutungen zwischenzeitlich bestätigt hatten. Der Maler entschloss sich zu einem kleinen Umweg und steuerte den Dorfanger zuerst an, und schon von weitem konnte er sehen, dass neben der mittlerweile fast vollständig fertiggestellten Hütte ein weithin sichtbares Schild mit dem Namen der Stromgesellschaft aufgestellt worden war. Spielmann stieg vom Rad, ließ sich von den drei Arbeitern, die sich auf einem Bretterstapel zur Mittagspause versammelt hatten, nicht stören, trat näher, trat schließlich ganz nah an das Schild heran, und dort stand nicht nur der Name des Gesellschaft, es stand dort viel mehr: Es ließe sich in dieser Auskunftsstelle alles über die geplanten Veränderungen im Dorf innerhalb der nächsten drei Jahre erfahren, hieß es, man könne hier umfassende Kenntnis erhalten über die neu zu bauende Siedlung, Haus- und Wohnungsangebote aushandeln, Verträge schließen, Anträge stellen, allerlei Formblätter ausfüllen, und überhaupt jegliche Art von Hilfestellung erhalten, die bei einem derartigen großen Vorhaben benötigt würden. Das Schriftwerk auf der nahezu mannshohen Tafel war zudem einladend bebildert mit einer Zeichnung der geplanten Siedlung, die sich als gefällige Ansammlung hübscher weißer Häuser an grauen Straßen, aufgelockert durch kugelige grüne Bäume, darbot. Darunter war abschließend noch der Zeitpunkt genannt, wann die Auskunftsstelle öffnen würde und von wann bis wann sie täglich besetzt sei.

Es ratterte nun heran der Traktor des Bauern Fenk, dieser hielt sein Gefährt an, turnte vom Fahrersitz herunter und näherte sich, ein rotes Papier in der Hand, der neu erbauten Holzhütte. Dies Papier, so teilte er Spielmann mit, habe sich in seinem Briefkasten gefunden. Er stellte sich neben den Maler und las, was das Schild verkündete, mit zusammengekniffenen Augen, stapfte dann missbilligenden Blicks an den Arbeitern vorbei und um die Hütte herum und sah durch eine der schmalen Fensteröffnungen hinein. Schließlich lief er zurück zu seinem Traktor und knatterte in einer gelblichen Staubwolke davon, das rote Papier dabei zwischen Hand und Lenkrad flatternd festgepresst. Spielmann sah ihm nach, bis der Staub sich gelegt hatte, und dann wurde es ganz still um ihn. Er ließ den Blick über den Anger und die Höfe wandern, aber er fand sich ganz allein, es war kein Mensch in seiner Nähe. Auf den feuchten Resten des vor längerer Zeit schon zugeschütteten Dorfteiches tummelten sich ein paar Enten, argwöhnisch beobachtet von der dicken Katze des Waldarbeiters Krull. So still wird es hier einmal sein am letzten Tag, bevor die Abrissbirnen geschwungen werden, dachte Spielmann, wollte danach weiter, hielt aber noch einmal inne, weil sich vom

Ortseingang nun doch ein Mensch in seine Richtung bewegte, welcher, wie er schließlich erkannte, einen Kasten auf Holzrädern vor sich herschob.

„Der Scherenschleifer ist da", hallte es dabei über die Hauptstraße, und noch einmal: „Der Scherenschleifer ist da."

*

Nach seiner Rückkehr von der Einkaufsfahrt ins Nachbardorf und nachdem er das rote Papier der Stromgesellschaft aus seinem Briefkasten gefischt hatte, begab sich Spielmann in sein Wohnzimmer, überlegte einen Augenblick, ob es nicht doch angebracht sei, noch einen Spaziergang ins Dorf hinein oder auf die Felder hinaus zu unternehmen, entschied sich aber dann für die Entspannung und zog sich, ein Buch in der Hand, auf sein Sofa zurück. Und da drang es durch das gekippte Fenster wieder an sein Ohr: „Der Scherenschleifer ist da", und noch einmal: „Der Scherenschleifer ist da."

Spielmann legte das Buch beiseite, durchsuchte alle Schubladen, kramte allerlei schneidendes Gerät zusammen, trat vors Haus und reichte es dem Mann am Schleifkarren. Es dauerte keine halbe Minute, dann kam man unvermeidlich auf die wichtigste Angelegenheit dieser Tage zu sprechen, und der Scherenschleifer, während er mit dem Fußhebel das Schleifrad in Bewegung hielt, berichtete, dass im Lauf der Jahre nun schon drei der kleinen Ortschaften, die er auf seiner Wegstrecke früher regelmäßig besucht habe, dem Braunkohlebagger hätten weichen müssen, und dass es nur eine Frage der Zeit gewesen sei, bis dem Dorf das gleiche Schicksal widerfahren würde. Es hätten dabei jedoch immer viele Haus- und Hofbesitzer gute Geschäfte gemacht, so wusste er, und ein alter Bauer habe seinen Hof größer, schöner und leichter zu bewirtschaften auf dem neuen Grund wiederaufgebaut, allerdings, so der Scherenschleifer, gingen Gerüchte, dass die Stromgesellschaft ihn großzügiger als ursprünglich geplant entschädigt hatte, nachdem der Bauer zum letzten und entscheidenden Verhandlungsgespräch angeblich mit dem aus dem Franzosenkrieg stammenden Hinterlader seines Großvaters erschienen sei. Aber nicht allen wäre es so vorteilhaft ergangen, manche hätten sich auch übernommen, so habe sich eine Familie mit dem Neubau des Eigenheims trotz reichlicher Abfindung unglücklich verrechnet und sich nach dem Zwangsverkauf desselben in einer alten Dreizimmerwohnung am schmutzigen Rand eines Gewerbegebietes wiedergefunden.

„Und nun ist also Ihr Dorf dran" fuhr der Scherenschleifer fort, ohne den Blick vom zu schärfenden Metall zu wenden. „Ein Dorf nach dem anderen wird vom Kohlebagger gefressen, und mit ihm auch meine Kundschaft, so dass ich meine Strecke künftig ganz ändern werde müssen. Und wissen Sie schon, was man sagt? Wenn man hier einst alle Kohle bis auf den letzten Rest aus dem Boden geschaufelt hat, wenn die Bagger schon über das nächste zu sterbende Dorf hinweggehen und dort, wo heute Ihr Haus still vor sich hinträumt, nur noch eine öde Schlucht gähnt, dann stampft man hier eine neue Landschaft aus dem Boden. Man wird artige Forste und Grünanlagen anpflanzen, man wird Badeseen anlegen. Dort, wo früher der alte Modersohn Blutwurst gemacht hat, wird man am Sonntag segeln gehen. Ist das zu glauben? Heilige Katharina, hier geht ein Zeitalter zu Ende. Als Verkörperung des Gestern wird auch mich niemand mehr brauchen. Was alt ist, geht, was jung und zeitgemäß ist, rollt über uns hinweg."

Der Scherenschleifer erzählte von den Kohlebaggern. Riesige Geräte seien das, hoch wie achtstöckige Häuser, und sie grüben sich so tief in die Erde ein, dass sie an einem Tag so viel Erde und Geröll und Kohle wegschafften wie vorher zweitausend Mann in einer Woche.

„Aber wissen Sie", fuhr er fort und hielt dabei mit prüfendem Blick die bearbeitete Klinge ins Licht, „wissen Sie, was geschehen wird, wenn die Häuser erst einmal abgebrochen und eingeebnet sind? Immer, wenn die Bagger kommen, ist auf allen Straßen Rattenwanderung. Das Ungeziefer spürt die Gefahr schon drei Tage im Voraus und wird in Vielzahl und angsterfüllt die Flucht ergreifen. Aber bis dahin wird längst kein Mensch mehr hier sein, alle sind sie in ihren neuen Häusern am Kaffeetisch mit Blick auf den gemähten Rasen und den Gartenzaun und haben darüber ihre alte Heimat längst vergessen. Im Wirbelwind des Fortschritts ist keiner mehr daran interessiert, dass dieses Dorf schon stand, als das Alte Reich noch ganz neu war. Mensch und Häuser müssen weg, weil man Strom braucht für Fernsehgeräte und Waschmaschinen. Tausend Jahre Geschichte, gestorben in ein paar Tagen."

Der Scherenschleifer verstummte, nur das Kratz- und Schleifgeräusch vom Stahl auf dem Schleifstein verblieb.

Abends, es war noch hell, das schräg einfallende Sonnenlicht zeichnete scharfe Umrisse auf Wald und Feld, ging Spielmann noch einmal hinaus, hatte den Fotoapparat um den Hals und trottete auf Feldwegen nordwärts. Von Zeit zu Zeit blieb er stehen und fotografierte, was einfach da war: den im Schein der sinkenden Sonne glühenden Waldrand, das struppige Grün zwischen den beiden Fahrspuren des Feldweges, zart violett leuchtende Blüten im Gras. Und schon kam wieder wie so oft der Turmfalke, und Spielmann riss die Kamera hoch und schoss ihm hinterher, aber er wusste genau, dass das fertig entwickelte Bild kaum mehr als einen verwischten Punkt vor lichtblauem Himmel zeigen würde. Schon seit er im Dorf wohnte, verfolgte er die Turmfalken mit der Kamera, und er verfolgte sie vergeblich: Sie waren zu schnell, er zu langsam, und immer hatten sie ihn längst bemerkt und er sie noch gar nicht gesehen. Spielmann hielt die Kamera noch schussbereit in Brusthöhe, versuchte zu erkennen, wo der Falke niedergegangen sein könnte, suchte Baumwipfel und den Himmel mit zusammengekniffenen Augen ab, aber das schnelle Tier war seinem Blick längst entschwunden. Spielmann wanderte weiter, drehte ostwärts, um die Sonne im Rücken und damit das beste Licht auf den Bildern zu haben. Vor einem Wiesenstück kniete er nieder, verrenkte den Körper, um sich noch kleiner zu machen, und fotografierte von unten durch bunte Blüten hinauf zum Himmel. Der weißglühende Abgasstreifen eines in fernen Höhen still vorbeiziehenden Flugzeuges war ihm als Gegenstand für eine Fotografie genauso willkommen wie sein eigener breitbeiniger Schatten, der sich vom Wegrand bis fast in die Mitte des Feldes zu erstrecken schien. Die Baumgruppe neben dem Schuppen vom Bauern Fenk hatte er schon dutzende Male fotografiert, so fotografierte er sie noch einmal, ebenso den Froschweiher kurz vor der Landstraße, dessen quakende Bewohner wie immer schnell untertauchten, wenn er sich näherte, und er setzte sich auf einen Stein und wartete, bis die Tiere wieder an die Wasseroberfläche kamen und fotografierte ihre Köpfe. All das wird es binnen drei Jahren nicht mehr geben, dachte Spielmann, ich halte eine zum Tod verurteilte Landschaft fest. Der Wald wird umgeholzt, dachte er weiter, das Dorf eingeebnet, die Frösche plattgewalzt. Es ist kein schleichendes Vergehen, denn das Dorf mitsamt Umgebung wird von heute auf morgen vernichtet, aber es ist ein schleichendes Vergehen der Welt, meiner Welt. Sie reißen nicht nur mein Haus aus, sondern auch mich mit ihm. Und per Beschluss dürfen sie das. Wie viele Dörfer werden noch eingeebnet, wie viele Wälder beseitigt, wie viele Frösche und Turmfalken? Sie nennen es Fortschritt. Aber wohin führt uns dieser Fortschritt? Werden wir immer glücklicher dabei? Und wie lange kann man fortschreiten, bevor man einen Abgrund erreicht?

Spielmann erhob sich von seinem Denkerstein, schritt auf ein verfilztes Gebüsch zu, aus dem das Summen von Bienen dröhnte, und fotografierte dessen rote Früchte. Er trat von dort wieder auf die offene Ebene der Felder hinaus, drehte sich um. Ruhig, seinem Schicksal ergeben, lag das Dorf flach unter dem Himmel, sich auf den Boden drückend, aus dem man es errichtet hatte, und Spielmann dachte, dass vermutlich auch vor tausend Jahren bereits jemand an dieser Stelle gestanden und es genauso gesehen hatte, mit Hütten, mit Ziegenställen, mit Misthaufen und Kornspeichern...

Spielmann entschloss sich, nicht den kürzesten Weg nach Hause zu gehen, ging ums Dorf herum und kam am östlichen Ortseingang an, noch einmal vorbei an der neuerrichteten Auskunftsstelle der Stromgesellschaft. Vor der Hütte parkte ein Wagen mit auswärtigem Kennzeichen, und Spielmann bemühte sich, für den Fall, dass er beobachtet werde, nicht zu neugierig auszusehen, verlangsamte seine Geschwindigkeit aber deutlich, spähte in Wagen und Hütte hinein, aber dort war nichts, an dem sein Blick sich hätte festsaugen können, so ging er, noch einmal über die

Schulter zurückblickend, gemächlich weiter. Eine Frau verließ gerade den Gasthof, und obwohl dies in einiger Entfernung passierte, wusste Spielmann sofort, dass es sich nicht um jemanden aus dem Dorf handelte. Viel zu sehr dem neuesten Geschmack der Zeit entsprechend gaben sich Schnitt und Farben ihrer Kleidung, viel zu flatternd das lange blonde Haar im Wind, viel zu schnell und stechend ihr Gang, mit dem sie jetzt auf ihn zukam, und der nicht dem oft so verdrießlichen Schlurfen entsprach, mit dem die Bauersfrauen Straßen und Feldwege querten. Ihre Hände ruhten in den Taschen ihrer Jacke, was ihren entspannt-selbstbewussten Auftritt in Verbindung mit dem lauten Klappern lackglänzender Stiefel noch unterstrich, und als letzte Feinheit bemerkte Spielmann, von der Blendung durch die sinkende Sonne unbeeindruckt und mit dem scharfen Auge des Malers, den schmalen schwarzen Riemen der über die Schulter gehängten modischen Handtasche. Man ging jetzt aneinander vorbei, Spielmann wünschte guten Abend, die unbekannte junge Dame grüßte freundlich zurück, dann hörte er hinter sich die Wagentür, das Starten des Motors und anschließend dessen sich auf der Landstraße verlierendes Geräusch.

*

In Spielmanns Post fand sich ein Brief von Rolf Hagen, welcher nicht nur sein Freund, sondern auch Besitzer einer Kunstgalerie in jener Stadt war, die Spielmann vor fünfzehn Jahren verlassen hatte. Hagen kündigte an, ihn besuchen zu wollen, in der Absicht, die neuesten Werke des Malers zu sichten, und, so Spielmann es ihm erlaube, eines oder zwei davon in die Stadt mitzunehmen und über seine Galerie zu verkaufen. Spielmann freute sich durchaus darauf, seinen Freund wiederzusehen, nur der Gedanke, sich von seinen Bildern zu trennen, der hatte ihm noch nie behagt, da er das Malen als etwas betrachtete, das er für sich selbst tat, und nicht, um damit größtmöglichen Gewinn zu erzielen, und er verspürte einen starken Widerwillen, seine Bilder als teure Trophäen in wohlhabende Haushalte verschwinden zu sehen. Seine eigene Idee einer Dauerausstellung mit freiem Eintritt hatte Hagen

regelmäßig mit dem Hinweis auf die mangelnde Wirtschaft-
lichkeit eines derartigen Unterfangens abgelehnt, er sei letztlich
Kaufmann und kein Gönner. In seinem Brief bat Hagen nun um
schnelle Rückmeldung wegen des noch festzulegenden Besuchs-
zeitpunktes, so beschloss Spielmann, ihn anzurufen, was den
Gang zur Witwe Kreisler erforderlich machte, die als einzige im
Dorf über ein Telefon verfügte. Die Witwe wohnte am Ende der
zweiten nach Norden weisenden Straße des Dorfes, ihr Grundstück teils von wucherndem, teils längst totem Gestrüpp einge-
grenzt, das Holzhaus dahinter finster, ihr davor abgestelltes
Fahrrad mattschwarz, auch trug sie, als sie Spielmann die Tür
öffnete, wie gewohnt Trauerkleidung. Spielmann führte ein
kurzes Gespräch mit Hagen, zählte dann der Witwe zwanzig
Pfennig hin und ging wieder nach Hause. Zwei Tage später kam
Hagen ins Dorf. Man setzte sich in die Sonne vor Spielmanns Haus
und prostete sich zu. Und auch Hagen hatte längst schon von den
alles beherrschenden Nachrichten gehört und zeigte sich für die
Lage der Dorfbewohner verständnisvoll.

„Sie zerstören hier Landschaften, von denen wir Städter nur
träumen können", stellte er fest. „Die hohen Herren, die sich den
ganzen Tag mit Lineal und Stechzirkel über Landkarten beugen,
sollten ihren beengten Blick ausweiten, und sie würden dabei
feststellen, dass wir eines der kleinsten Länder der Erde sind. Sie
aber gehen mit dem Kostbaren, was Landschaft nun einmal ist, so
um, als hätten wir endlos davon."

„Leider gibt es keinen Aufschrei dagegen", sagte Spielmann.
„Alles bleibt stumm."

„Ist es der Landbewohner vielleicht nicht gewohnt, aufzube-
gehren?"

„Er hat wohl wenig Übung darin, weil bislang nicht viele Gründe
vorlagen. Aber nun wäre die Gelegenheit gekommen."

„Und wie schätzt du die Aussichten ein?"

„Wenn Politik, Verwaltung und Wirtschaft mit all ihrer Macht
Hand in Hand gehen, kann es auf der anderen Seite auf lange Sicht
nur Verlierer geben. Die einzige Gegenwehr, die sinnvoll
erscheint, ist jene über die Gerichte. Die rechtliche Lage kenne ich
in diesem Fall nicht, aber ich kann mir vorstellen, dass man damit

zumindest viel Zeit gewinnen und den unsichtbaren Mächten vielleicht sogar das eine oder andere Zugeständnis abtrotzen könnte. Aber ganz vertreiben lassen sich diese Zeichen der Zeit wohl nicht mehr."

„Du hättest die Fähigkeiten, eine Gegenwehr im Dorf anzuführen."

„Ich habe mich mit dem Gedanken des Umzugs längst angefreundet und fühle mich zu alt und bequem, um gegen die Windmühlen anzurennen. Die Jungen sollten das. Aber es gibt hier zu wenige davon. Das Dorf ist alt, seine Bewohner sind es auch."

„Es könnte auch sein, dass viele froh sind, die schwer zu bewirtschaftenden alten Höfe an neuer Stelle besser und zeitgemäßer wieder aufgebaut zu bekommen."

„Ich glaube das auch. Und du wirst sehen, dieses Dorf wird in aller Stille verschwinden. Keiner wird ihm nachtrauern. Es wird bald vergessen sein."

„Wo wirst du hingehen?"

Spielmann sah zum Waldrand, zur Sonne, übers Feld, und antwortete:

„Dorthin, wo ein kleines Haus am Ende einer Straße steht."

Hagen begehrte danach, Spielmanns Malstube und seine neuen Werke zu sehen, und natürlich entging seiner Aufmerksamkeit auch die mit dunklem Tuch verhüllte Staffelei nicht. Er warf Spielmann einen prüfenden Blick zu, dieser nickte zustimmend, so dass Hagen nicht länger zögerte und das Tuch zurückschlug, und Spielmann wusste genau, wie sein Freund sich jetzt plötzlich verändern würde, und genau so trat es ein: Hagens Körperhaltung und sein Gesichtsausdruck wurden ab- und einschätzend, seine Augenbrauen zuckten, seine Nasenflügel weiteten sich, die Hände bohrten sich mal in die Seite, mal vergrub er sie in die verschränkten Arme, und sein Mund zuckte, so als ob sich in ihm die Worte formten, die er gleich zu Gehör bringen würde.

„Man sieht schon jetzt", sagte er schließlich, eine Hand noch immer in die Seite gestemmt, die andere beim Sprechen frei wedelnd, so als würde sie ein unsichtbares Orchester führen, „auch im noch unfertigen Zustand, dass es sich um ein sehr ausdrucksvolles Gesicht handelt, das du ebenso sehr ausdrucksvoll wiedergegeben hast. Es ist kantig, aber Mund und Augen zeichnen es weich, und es sind gerade die Augen, welche ihm die Wärme verleihen, und du hast es geschafft, sie so abzubilden, dass bei allem Leid, das in ihnen ist, auch viel Mitgefühl darin leuchtet. Zudem gefällt mir ganz besonders, wie du den harten gegen den weichen Strich antreten lässt, und Dunkel und Hell sowohl auf ihrem Gesicht als auch in der Wechselwirkung mit dem lichtlosen Hintergrund ausspielst. Und jetzt fällt mir auch ein, woher ich dieses Gesicht kenne, ja, es ist die Bedienung aus dem hiesigen Gasthof. Zusammenfassend und vereinfachend gesagt, wir haben hier ein herbes, aber schönes, ländliches Gesicht, voller Ehrlichkeit und ohne falschen Stolz. Kann ich es haben?"

Spielmann verneinte und Hagen seufzte, wusste, dass weiteres Betteln sinnlos war, ließ sich noch weitere Werke vorführen und schenkte dem einen oder anderen auch ausgesprochene Beachtung, aber Spielmann war in seiner üblichen verkaufsunlustigen Laune und keinesfalls bereit, eines seiner ‚Gesichter', wie er die Bildnisse nannte, aus der Hand zu geben. Hagen kannte dieses Verhalten seines Freundes, wusste aber, dass er mit einem zweiten oder dann dritten, sanft geführten Anlauf vielleicht Erfolg haben könnte, und versuchte, als man sich beim Tee im Wohnzimmer einfand, dem Maler mit Vernunft und veränderter Vorgehensweise beizukommen.

„Nun ist es ja so", begann er, „dass die Stromgesellschaft dir dein Haus ersetzt und dazu alle Umzugskosten übernimmt. Aber das Haus ist nicht viel wert, und für das Geld, das sie dir zahlen werden, kannst du dir bestenfalls eine Wohnung leisten, aber kein Haus. Ich nehme an, du hast längst über diese Gegebenheiten nachgedacht."

„Es gibt abseits der Städte immer noch erschwingliche kleine Häuser. Und noch habe ich genug Geld aus meiner Erbschaft. Allerdings dient dies meinem Lebensunterhalt. Einen etwaigen Fehlbetrag für ein neues Haus müsste ich mir von der Bank holen."

„Mein Lieber, es gibt noch einen einfacheren und angenehmeren Weg. Wenn du mir fünf oder sechs deiner Bilder überlässt, kommen bei einem Verkauf gerne zehn- bis zwölftausend Mark zusammen. Eine bessere und bequemere Polsterung für einen weichen Fall bei unvorhergesehenen Ausgaben kannst du dir nicht schaffen."

„Ich will den Verkauf von ein paar Bildern nicht völlig ausschließen. Du weißt, dass mir dieser Gedanke nicht behagt. Aber sollten die Umstände es erfordern, werde ich nicht so stur sein und mich gegen das Nötige wehren. Übrigens fällt mir gerade ein, dass ich doch etwas habe, was ich dir überlassen kann."

Man kehrte noch einmal in die Malstube zurück, und Spielmann führte seinem Freund die viergeteilte Bäuerin Modersohn in all ihrem Leid vor, und Hagen war sichtlich fassungslos ob der ruchlosen Gewalttat seines Freundes, hielt Kopf und Gliedmaßen der armen Frau in seinen Händen, schaute von einem Bruchstück zum nächsten und schüttelte den Kopf dazu.

„Man könnte sie wieder zusammensetzen…", begann er, immer noch etwas verstört, aber Spielmann unterbrach ihn sogleich:

„Auf keinen Fall setzen wir sie wieder zusammen. Nimm ihr Gesicht und verkaufe es, mir soll es recht sein."

„Man könnte auch die Einzelteile rahmen", fuhr Hagen unbeeindruckt fort. „Den Kopf, die Hände…"

Beide schwiegen. Hagen, weil er von seiner Idee angetan war, Spielmann, weil er am Verstand seines Freundes zweifelte. Schließlich sagte der Maler:

„Du kannst sie haben, was du mit ihr machst, kümmert mich nicht. Meine Unterschrift fehlt darauf, so sag bitte keinem, wer es gemalt hat."

So geschah es, dass Hagen das Haus des Malers spät am Abend nicht mit leeren Händen verlassen musste, sondern mit mehreren zusammengerollten Leinwänden, die er behutsam im Kofferraum seines Wagens ablegte, und mit einigermaßen zufriedenem Gesichtsausdruck nachhause fuhr.

*

Es kam der Tag, an dem jene Holzhütte, die als Auskunftsstelle der Stromgesellschaft errichtet worden war, erstmalig für die Öffentlichkeit zugänglich gemacht wurde, und für Spielmann hatte es schon lange festgestanden, dass er zu den ersten gehören wollte, die den Weg dorthin antraten, so trat er ihn an. Nachdem es im Dorf niemanden gab, der sich den aufkommenden neuen Gegebenheiten entziehen konnte, hatte Spielmann mit hohem Andrang gerechnet und sich zum frühen Aufstehen überwunden, war jedoch erfreut, schon aus der Entfernung feststellen zu können, dass die Hütte völlig unbelagert schien. Im Näherkommen sah er durch eines der Fenster einen jungen Menschen am Schreibtisch, klopfte an und wurde durch einen freundlichen Ruf hereingebeten. Von innen wirkte die Hütte wie das Büro einer Bank oder Versicherung: Zwei Schreibtische, Stühle, ein Kalender an der hölzernen Wand, ein paar Stapel bunter Broschüren auf der Ablage. Sogar das Telefon war schon angeschlossen, und in der Ecke harrte eine frischgrüne Zierpflanze der Ereignisse in ihrem neuen Heim. Spielmann durfte platznehmen, und schon begann das Gespräch, der junge Mann kam schnell und sachlich zum Punkt, nachdem Spielmann ihm von seiner Ausgangslage berichtet hatte, händigte ihm einen umfangreichen Fragebogen aus und bat ihn, diesen ausgefüllt baldmöglichst zurückzubringen. Dann flog die Holztür auf und herein kam die junge Dame, der Spielmann vor Kurzem auf der Straße begegnet war. Sie begrüßte zuerst ihren Kollegen, dann Spielmann, stellte ihre Handtasche ab und nahm an ihrem Schreibtisch Platz. Der junge Mann fuhr indes unbeeindruckt fort und legte Spielmann auf den Fragebogen noch eine der bunten Broschüren obendrauf, mit dem Hinweis, dass er dort Antworten auf alle seine Fragen finden würde, und wenn doch noch etwas unklar sei, könne er jederzeit vorbeikommen. Spielmann nahm den Packen Papiers an sich und verabschiedete sich. Draußen musste er am Sohn des Bauern Modersohn vorbei, der ihn gar nicht beachtete, dafür mit grimmigem Gesicht die Tür an sich riss und sie danach hinter sich zuschlug, so dass das dünne Gebälk der Hütte sichtbar zitterte, und Spielmann sich fragte, ob der zornige Jungbauer nicht vielleicht einen alten Hinterlader an seinem Leib versteckt gehabt hatte.

Zuhause legte Spielmann das Papierbündel zunächst beiseite und nahm es erst nach dem Frühstück wieder zur Hand, nicht in der unmittelbaren Absicht, sich gleich ans Ausfüllen zu machen, sondern er blätterte durch die Seiten, auf denen ihm vielerlei Fragen zu seinem Haus- und Grundbesitz gestellt wurden, betrachtete auch die Broschüre, deren Zweck es war, ihm die Trennung von seinem Haus möglichst leicht zu machen und Vorfreude auf ein neues Leben in einem neuen, zeitgemäßen Heim, zum Beispiel in der neuen Siedlung, aufzubauen. Er legte die Papiere mit dem Vorsatz zur Seite, diese am Wochenende auszufüllen und gleich wochenanfangs wieder abzuliefern. Am Samstag schlug er zunächst die Zeitung auf und richtete seine Aufmerksamkeit auf jene schmalen Spalten, in denen landesweit Häuser zur Veräußerung angepriesen wurden, fand aber dort keines, das ihm zusagte. Und selbst wenn ich jetzt eines fände, so dachte er, müsste ich einen Gutteil meines Geldes von der Bank holen, denn bis zur Auszahlung der Entschädigung durch die Stromgesellschaft vergehen bestimmt Monate. Dieser Gedanke spornte ihn schließlich doch noch an, er breitete die Papiere auf seinem Schreibtisch aus und begann die gewünschten Fragen zu beantworten. Abends ging er hinüber in den Gasthof, denn der Ortsvorsteher hatte sich angesagt, in der Absicht, zu den derzeitigen Geschehnissen Stellung beziehen zu wollen. Nun hatte Spielmann bereits den Brief der Gemeindeverwaltung erhalten, der besagte, dass das Ende des Dorfes unabwendbar sei, so versprach er sich nicht allzu viel Neues diesbezüglich, und tatsächlich brauchte der Ortsvorsteher eine knapp dreiviertel-stündige Rede, um in ausgeschmückter Form zu wiederholen, was in dem Brief gestanden hatte. Danach schimpften und haderten viele der Anwesenden, doch war es ihnen anzumerken, dass sie nicht die Absicht hatten, in ihr Schicksal einzugreifen, sie wollten es hinnehmen, wenn auch mit erhobener Faust und grölender Stimme, mit biergetränkten Flüchen auf die Stromgesellschaft sowie die hohen Herren in Politik und Verwaltung. Spielmann ging nach Hause, mit dem Wunsch, das Wochenende möge schnell verstreichen, auf dass er wieder der Erste bei der Auskunftsstelle sei, auch dass sein Antrag auf Entschädigung der erste sei, der bearbeitet würde, und dass er alles so schnell wie möglich hinter sich brächte. Er blätterte im Verlauf des Wochenendes noch des Öfteren in seinem Papierstapel, prüfte genau, ob er alles vollständig und richtig ausgefüllt hatte, verpackte danach alles in einem großen Umschlag und legte diesen auf die Ablage im Flur.

Am ersten Tag der Woche fand er sich mit ebenjenem Umschlag unterm Arm um kurz nach acht Uhr bei der Auskunftsstelle ein, klopfte und wurde hereingebeten. Am Schreibtisch saß die junge Dame, die Spielmann vom Sehen nun schon kannte, und neben ihr auf dem Boden hockte ein kleines Mädchen, das mit leisem Singsang in die Erstellung einer bunten Zeichnung vertieft war. Auf seinen überraschten Blick hin bekam Spielmann von der Mitarbeiterin erklärt, dies sei ihre Tochter, es seien ja Schulferien, und sie habe derzeit leider keine andere Möglichkeit, die Kleine unterzubringen. Spielmann nickte verständnisvoll, sah freundlich zu dem Mädchen hin und bekam aus dem vielleicht zehnjährigen, von kupferblonden Zöpfen eingefassten Gesicht, in dem himmelgraue Augen fröhlich blinkten, ein vergnügtes Lächeln als Belohnung. Er kam dann der Aufforderung nach, sich zu setzen, und wurde dabei des Namensschildes auf dem Schreibtisch gewahr: M. Ewert, hieß es da. Frau Ewert verschwendete keine Zeit, bat Spielmann um die Aushändigung des Fragebogens und besah diesen flüchtig und offenbar zu ihrer Zufriedenheit. Sie lobte die Schnelligkeit seiner Entscheidung und erkundigte sich, ob er noch Fragen hätte, aber schon wie bei seinem ersten Besuch hatte Spielmann keine Fragen mehr. Der nächste Schritt sei nun, so Frau Ewert weiter, dass die Unterlagen von ihr an die Hauptstelle der Stromgesellschaft weitergereicht und dort geprüft würden, danach würde sich ein von der Gesellschaft beauftragter Sachverständiger bei ihm melden, um sein Haus in Augenschein zu nehmen, dies könne jedoch noch einige Zeit dauern. Dennoch solle er sich keine Sorgen machen, die Stromgesellschaft sei daran interessiert, alle Anträge auf Entschädigung so schnell wie möglich zu bearbeiten, schließlich seien die verbleibenden drei

Jahre, bis die Bagger kämen, aufgrund der Anzahl der zu erwartenden Anträge nicht viel Zeit. Ob sie sonst noch etwas für ihn tun könne? Spielmann verneinte, bedankte sich und ging nach Hause, kochte Tee, setzte sich ans Küchenfenster und starrte über die Felder. Nun hatte er also seinen Abschied in die Wege geleitet, seinen Abschied vom Dorf, das es nach seinem Weggang nicht mehr geben würde. Sein Haus würde bald vermutlich innerhalb einer halben Stunde in Grund und Boden gewalzt werden, all diese Wände, diese Decke, diese Tür, dieses Fenster. Was blieb, würde ein großer, staubender Schutthaufen sein. Lediglich zwanzig Jahre hatte das Haus hier gestanden, nahezu das jüngste im Dorf, während, soweit Spielmann wusste, das Anwesen vom Bauern Schmidt mit knapp dreihundert Jahren das altehrwürdigste war, es stand unter Denkmalschutz, aber der Bauer Schmidt hatte es nicht gepflegt, es sei zu teuer, hatte er immer gesagt, und es mache keinen Spaß, in einem Denkmal zu wohnen, es gäbe keine Zentralheizung und keine Teppichböden. Für den Bauern Schmidt würden sich all diese Schwierigkeiten jetzt auf einen Schlag auflösen, doch was geschah mit anderen, die nicht so glücklich waren? Die Bedienung Helga war dieser Tage zur zweiten Malsitzung bei Spielmann angetreten und hatte sich etwas gesprächiger und lockerer als beim ersten Durchgang gezeigt, war jedoch in zwiespältiger Stimmung gewesen, da sie die Sorge nach ihrem Verbleib umtrieb. Sie wohnte in der Dachkammer im Gasthof, und wo würde sie nach dessen Abbruch bleiben? Der Wirt, so führte sie aus, sei wohl nicht bereit, in der neuen Siedlung noch einmal von vorne anzufangen, er würde die Entschädigung nehmen, sich ein neues Haus bauen und den Ruhestand genießen. Sie jedoch, sie stünde vor dem Nichts, und ihr Gesicht wurde noch verkniffener dabei, und in den Augenwinkeln glänzte es feucht.

Am Nachmittag trat Spielmann vors Haus in die sanfte Sonne. Er schloss für eine kurze Weile die Augen und genoss das Licht auf seinem Gesicht, während ein schüchterner Windhauch in seinem Haar wühlte. Dann schritt er langsam, die Hände in den Hosentaschen, ums Haus herum, sah über die Felder hinaus bis zum

Waldrand, wo ein großer Vogel kreiste, ein Greifvogel zweifellos, der sich aber dann mit schwerem Flügelschlag über die Wipfel hinweg davonmachte. Spielmann wollte gerade zurück ins Haus, als er sah, dass ein kleines rotes Fahrrad die Straße heraufkam, und er brauchte nicht lange, um darauf die Tochter von Frau Ewert von der Auskunftsstelle zu erkennen. Er hockte sich auf die Treppenstufen, die zum Eingang seines Hauses führten und wartete, bis die Kleine nähergekommen war.

„Hallo", grüßte er, und bekam ein gutgelauntes ‚Hallo' zurück. „Weiß deine Mutter, wo du bist?"

Das Mädchen bremste stark, hielt, und blickte zunächst zum Hinterrad, wie lange und eindrucksvoll die Bremsspur auf dem sandigen Untergrund wohl geworden sei.

„Ich darf hier herumfahren, hat sie gesagt. Ich soll nur nicht aus dem Dorf hinausfahren. Geht es hier aus dem Dorf hinaus?"

„Ja, über den Feldweg."

„Da fahr ich lieber nicht hin. Ist das dein Haus?"

„Ja, das ist meins."

„Aber du bist kein Bauer. Ich habe Bauern gesehen im Dorf. Die sehen ganz anders aus. Sie haben Mützen und sie stinken nach Kuh. Bist du ein Bauer?"

„Nein, ich bin kein Bauer."

„Was bist du denn?"

Dies ist die ewige Frage, ging es Spielmann durch den Kopf, die ewige Frage, was man denn sei. Schon Kinder fragen so. Als ob es nicht reiche, einfach Mensch zu sein. Alles muss offensichtlich einen Zweck erfüllen, auch der Mensch.

„Ich male Bilder", antwortete Spielmann.

„Bist du ein Maler?"

Spielmann nickte. „Ich habe gesehen, dass du auch gerne malst."

„Mama hat mir neue Buntstifte geschenkt. Sie will nicht, dass es mir hier langweilig wird. Malst du auch mit Buntstiften?"

„Nein, mit Ölfarben."

„Mit Ölfarben?" gab die Kleine zurück, mit viel kindlicher Verblüffung in der Stimme, welche Spielmann belustigte. „Wie sieht das denn aus?"

„Ich zeig es dir. Und magst du ein Glas Limonade?"

Das Mädchen stellte sein Fahrrad ab, bekam zunächst in Spielmanns Küche die versprochene Limonade und folgte dem Maler, das große Glas vorsichtig in beiden Händen, dann Richtung Malstube, und auf seine Frage hin bekam Spielmann zur Antwort, dass ihr Name Charlotte sei. Spielmann öffnete die Tür und ließ diese ganz beiseite schwingen, zog die Vorhänge auf und kippte das Fenster, um die angestaubte Luft zu erfrischen. Große Kinderaugen wanderten über alle Ecken und Winkel und Verstecke des Zimmers, über die zahlreichen, von Spielmann meist an die Wand gelehnten Bilder, an Staffelei und Farbspritzern am Boden entlang, über verstreut liegendes Malwerkzeug wie bekleckste Pinsel und zu wundersamen Formen zerdrückte Farbtuben. Ohne falsche Scheu kniete sich Charlotte auf den Boden, stellte ihre Limonade ab und stöberte in einem Stapel kleinformatiger Landschaftsdarstellungen, die Spielmann geschaffen hatte, noch bevor er seine endgültige Richtung als Künstler gefunden und sich nur noch dem Malen der Menschen aus dem Dorf gewidmet hatte. Der nächste Stapel bestand aus ebendiesen Bildern, und das Mädchen wechselte in den Schneidersitz, ging vorsichtig mit Daumen und Zeigefinger durch die Leinwände, besah aufmerksam die Abgebildeten, lachte ab und zu und beschrieb, was ihr besonders auffiel, etwa die knollige Nase der Bäuerin Schmidt oder die roten Wangen ihrer Tochter. Spielmann freute sich über die kindliche Begeisterung des Mädchens, begann dann hinter der Tür nach etwas zu wühlen, zog schließlich eine kleine Staffelei hervor, stellte eine Leinwand drauf, drückte etwas Farbe aus den Tuben auf einer Palette aus, und fragte das Kind, ob es nicht etwas malen wolle. Er zeigte ihm, wie die Farbpalette richtig zu halten war, wie sie darauf Farben mischen konnte, und schlug vor, ein Bild der auf dem Fensterbrett stehenden Grünpflanze mit ihrer üppigen gelben Blüte zu erstellen. Mit Eifer machte sich das Mädchen ans Werk, rührte mit dem Pinsel ausgiebig in den Farben und setzte dann vorsichtige, langsame Striche in dick triefendem Grün und Gelb, die Pflanze am Fenster dabei stets im Blick behaltend. Spielmann sah ihr vergnügt zu, bevor er beschloss, sich ebenfalls ans Werk zu machen, befreite die Bedienung Helga vom dunklen Tuch, und bearbeitete, da ihm sein

Modell nicht persönlich zur Verfügung stand, hauptsächlich den Hintergrund, deutete also die Ecken und Winkel der Malstube an sowie das Fenster, dessen freundliches Licht, von links kommend, die Stimmung des Bildes etwas anwärmte. So standen beide, der Maler und die kleine Malerin, sich gegenüber, ganz ins Werk vertieft, und nur ab und zu gab Spielmann dem Mädchen, wenn es fragte, einige Ratschläge, und er freute sich, dass ihre am Anfang noch zögerlichen Pinselschwünge immer sicherer, schneller und kühner wurden, und die Topfpflanze vom Fensterbrett auf der Leinwand zu etwas heranwuchs, was einem farbenfrohen Weltraumflugkörper nicht unähnlich sah. Im Gegenzug bekam er auch eine Beurteilung seines eigenen Werkes, und Charlotte fand, dass das Licht von links noch etwas zu düster sei, und dass er mehr gelb verwenden solle, weil die Sonne doch gelb sei. Spielmann war guter Laune und gewillt, dem Kind eine Freude zu machen, tunkte den Pinsel sachte ins Gelb und tupfte es behutsam in das zart einfallende Licht, und das Mädchen lobte ihn nicht nur für diese, wie es fand, merkliche Verbesserung des Bildes, sondern beobachtete ihn dabei genau, ging dann an seine Staffelei zurück und versuchte, indem es sein Tupfen nachahmte, die gleiche Wirkung zu erzielen.

Spielmann versäumte es nicht, die Uhr im Auge zu behalten, und nach einer Stunde hielt er es für richtig, dass Charlotte zurück zu ihrer Mutter radeln sollte, damit diese sich keine Sorgen machte.

„Kann ich morgen weitermalen?" fragte das Mädchen.

„Morgen kannst du es fertigmalen und mitnehmen", sagte Spielmann. „Als Geschenk für deine Mutter."

Charlotte freute sich, schwang sich auf ihr rotes Fahrrad, winkte Spielmann noch einmal zu und radelte hinunter zur Hauptstraße. Spielmann ging ins Haus zurück, betrachtete noch einmal mit wohlwollender Freude das bunte Bild des Kindes, brachte dann etwas Ordnung in die Malwerkzeuge, wusch die Pinsel aus, verschloss die Farbtuben, warf über die kleine Staffelei ein weißes Tuch, über die große das dunkle Tuch.

Der nächste Tag hatte kaum begonnen, oder: für Spielmann kaum begonnen, denn es war bereits halb elf vormittags, und er saß gerade – und noch im Schlafanzug – am Küchentisch und schlürfte seinen Frühstückstee, als Charlotte läutete und sich mit den einfachen Worten erklärte, dass ihre Mutter wüsste, wo sie sei. Spielmann wies ihr noch einmal den Weg in die Malstube, stellte Pinsel und Farben bereit, enthüllte die Staffelei, und Charlotte setzte ohne Verzögerung und mit kindlich-ernsthaftem Bemühen die Arbeit an ihrem Bild fort.

„Heute hab ich nicht so viel Zeit", sagte sie. „Mama sagt, sie kommt in einer Stunde und wir fahren nach Hause. Hoffentlich kriege ich das Bild bis dahin fertig."

„Ganz bestimmt, aber es muss noch trocknen. Ich werde es dir einpacken, dann nimmt es keinen Schaden. Weiß deine Mama denn, wo ich wohne?"

„Ja, sie weiß es", antwortete Charlotte, und fügte hinzu: „Sie sagt, sie hat dich in ihren Unterlagen", dabei das Wort ‚Unterlagen' in versucht erwachsener Weise betonend, so dass Spielmann leise in sich hineinlachte.

Als es später läutete, stürmte Charlotte zur Tür, ergriff die Hand ihrer Mutter und zog sie ins Haus, so dass sich Frau Ewert über das so vertraute Verhalten ihrer Tochter in fremder Umgebung peinlich berührt fand. Spielmann, der über den Schlafanzug noch eilig einen Morgenmantel geknotet hatte, begrüßte sie, und Frau Ewert entschuldigte sich ausgiebig für das, wie sie meinte, unangebrachte Betragen ihrer Tochter, aber Spielmann tat alles mit einem Kopfschütteln ab und fragte, ob eine Tasse Tee genehm sei. Mit dem Hinweis auf die knappe Zeit lehnte Frau Ewert ab, man müsse los, und sie mahnte ihre Tochter zum Aufbruch. Charlotte entwich kurz in die Malstube und kehrte mit dem Bild der gelbköpfigen Pflanze zurück. Spielmann schlug das kleine Gemälde in Packpapier ein, und Charlotte übergab es ihrer Mutter. Im Hinausgehen blickte Frau Ewert umher.

„Ein schönes Haus haben Sie, Herr Spielmann", sagte sie.

„Allerdings", antwortete Spielmann. „Es wird leider nicht mehr lange stehen", konnte er es sich nicht verkneifen, hinzuzufügen.

„Ja", gab Frau Ewert zögerlich zurück und hielt inne, mit unsicherem Gesichtsausdruck, so als hätte sie Mitschuld daran.

„Eines von vielen schönen Häusern, die es bald nicht mehr geben wird. Ich erlebe täglich nichts anderes."

Nachdem Mutter und Tochter gegangen waren, setzte sich Spielmann an seinen vertrauten Platz am Küchentisch und sah mit leer träumendem Blick zum Fenster hinaus. ‚M. Ewert' hatte auf dem Namensschild in der Auskunftsstelle gestanden, so ging es ihm durch den Kopf. Für was das M wohl stand? Maria vielleicht? Spielmann überlegte. Nein, dies klang ihm für eine Person in ihrem Alter schon etwas zu altmodisch. Marie? Nochmal nein, urteilte Spielmann, zu schöngeistig, so heißen nur Schauspielerinnen. Wie wäre es mit Margot? Ein schöner Name zweifellos, nickte der Maler sich selbst zu. Oder doch Monika? Dies passte am besten zu ihr, fand er, wollte dabei jedoch Marion, Marlene und Manuela nicht völlig ausschließen.

*

Es gab Aufregung im Dorf. Der Bauer Modersohn hatte einen Herzanfall erlitten, nachdem er sich in die von seinem Sohn in der Auskunftsstelle besorgten Unterlagen vertieft hatte. Seine Frau, das Gesicht rot und schwitzend, die ineinander gekneteten Hände kalt und mit weißen Knöcheln, berichtete den sich in der Hofeinfahrt ansammelnden Dörflern, dass ihr Mann sich beim Durchlesen der Papiere immer mehr in eine Aufregung hineingesteigert hatte, bis er sich an die Brust gefasst habe und schlaff und leblos vom Stuhl gerutscht sei. Soeben war der Arzt aus einem der Nachbardörfer vorgefahren und samt seines Köfferchens eilig im Haus verschwunden, man stand staunend um sein geöffnetes, in metallischem Orange glitzerndes Kabriolett herum, lauschte den Ausführungen der Bäuerin. Spielmann war gerade auf dem Weg zum Waldarbeiter Krull gewesen, in der Absicht, dessen Dienste als Friseur in Anspruch zu nehmen, als er den Aufruhr auf dem Modersohn'schen Hof bemerkt und sich zu den Dörflern gesellt hatte, und nun stand alles dicht zusammen und redete im gedämpften Ton erregt durcheinander. Dann kam der Arzt aus der Tür, verkündete, er müsse nach dem Krankenwagen telefonieren, und unter den vielen Freiwilligen bestimmte man den kleinen Sohn des Bauern Fenk, ihm den Weg zur Witwe Kreisler zu weisen, und er durfte sich neben den Arzt in das hell blitzende Fahrzeug setzen, während die Bäuerin zurück ins Haus eilte, um dort mit dem jungen Modersohn am Krankenlager ihres Mannes zu wachen. Der Arzt war schnell zurück, aber bis der bestellte Krankenwagen den Weg fand, verfloss viel kostbare und unwiederbringliche Zeit, und das Gesicht des Bauern Modersohn war bleich und schmal, als man ihn auf der Bahre aus dem Haus trug und ins Krankenhaus in der Kreisstadt fuhr. Die Ansammlung der beieinanderstehenden Dörfler auf dem Hof des Bauern löste sich hierauf langsam auf, man machte sich mit bedauernden Mienen, hilflosen Gesten und kopfschüttelnd auf nach Hause, auch Spielmann ging seiner ursprünglichen Absicht nach, den Waldarbeiter Krull aufzusuchen, fand diesen jedoch nicht vor. Er bedauerte dies nicht weiter, denn das Wetter lockte mit milder Wärme, und ohnehin war ihm nicht danach, den ganzen schönen Nachmittag lang in seiner Malstube zu verbringen, so schwang er sich aufs Fahrrad und steuerte auf das große, westlich vom Dorf gelegene Waldstück zu, stellte, einer alten Gewohnheit folgend, das Rad an einem bestimmten Baum ab und wanderte gemächlich in den Forst hinein. Nach einem langen Gang durch die endlosen Tannenreihen war ihm allerdings nicht, seine eigentliche Absicht war, seine angestammte Bank zu finden, sich dort niederzulassen, dann Licht, Wind und die Geräusche des Waldes auf sich wirken zu lassen und zu vollkommener Entspannung zu finden. Er nahm in der Mitte der Bank Platz, streckte die Beine von sich, sah nach oben durch die Baumkronen und schloss danach die Augen. Sein erster Gedanke galt dem alten Bauern Modersohn, der jetzt in einem Krankenhausbett liegen mochte, an allerlei blinkendes und piepsendes Gerät angeschlossen, bewacht von Schwestern und Ärzten, auf einem allzu schmalen Grat zwischen Dies- und Jenseits wandelnd. Man will dem Alten die Wurzeln nehmen, dachte Spielmann, und das ist ihm nicht bekommen. Das ist der Anfang vom Ende des Modersohnhofes, und auch dem hitzköpfigen Jungbauern wird es nicht gelingen, die Zeit anzuhalten, ihn wird beim Anrennen gegen die Windmühlen eher das gleiche Schicksal wie sein Vater ereilen…

Margarethe, dachte Spielmann dann weiter, oder Martha… wo war er vorher stehengeblieben? Bei Monika. Ja, Monika, das passte zu ihr. Wie alt mochte sie wohl sein? Ende Zwanzig, Anfang Dreißig, und das blonde Haar war durchaus echt und nicht aufgetragen. Und da war also niemand, der auf Charlotte aufpasste. Trug sie einen Ehering? Darauf habe ich gar nicht geachtet, haderte Spielmann mit sich selbst, aber sie wirkt so unverheiratet: Arbeitet ganztags, hat niemanden für die Kleine, fährt einen eigenen Wagen. Und wohin sie wohl abends fährt? Der Wagen hat ein großstädtisches Kennzeichen, zufällig von der Stadt, in der die Stromgesellschaft beheimatet ist, und da die Entfernung bis dorthin aber viel zu groß ist, wohnt sie wahrscheinlich in der Kreisstadt, und es ist ein Dienstfahrzeug…

Es näherten sich Schritte, und Spielmann blickte auf, sah den Vettern des Bauern Modersohn, wieder im Jagdanzug mit Hut und Flinte, aber, wie Spielmann erleichtert feststellte, ohne Hund. Der Jäger hob die Hand zum Gruß und blieb vor Spielmann stehen, welcher ihn fragte, ob es schon Neuigkeiten vom Bauern gäbe, aber der Jäger verneinte und kam dann auf etwas anderes zu sprechen. Er und zwei Männer aus dem Dorf würden morgen jene neue Wohnsiedlung besuchen, die errichtet wurde, als vor wenigen Jahren einer der Orte im benachbarten Landkreis zunächst von Abrissbirnen zerschlagen und dann von Braunkohlebaggern verschluckt worden war. Man wolle sich diese Siedlung ansehen, um eine Vorstellung davon zu bekommen, wie es in der geplanten Siedlung aussehen könnte, die in nicht mehr langer Zeit das Dorf ersetzen würde, und ob Spielmann sich nicht anschließen wolle? Spielmann überlegte nur kurz und sagte zu. Natürlich war er misstrauisch, denn alles, was mit künstlichen Siedlungen, mit Neubauten, mit Wohngebieten zu tun hatte, erregte seinen Verdacht, aber er hegte einen letzten Rest Hoffnung, dass man ihn doch vom Gegenteil überzeugen könne. Man vereinbarte, dass Spielmann morgen Vormittag abgeholt würde. Spielmann war dies recht, und als der Jäger sich befriedigt zum Gehen wandte, fragte er diesen noch leutselig, wo der Hund denn heute sei. Er hätte ihn zum Hundeausbilder in die Kreisstadt gegeben, sagte der Jäger, da das Tier nach wie vor Schwierigkeiten mit dem Aufstöbern von in Frage kommender Jagdbeute sowie dem nachmaligen Aufspüren der Beute im angeschossenen Zustand habe, und der Ausbilder ihm merkbare Verbesserung auf diesem Gebiet binnen zweier Wochen zugesagt habe. Billig sei dies nicht, bedauerte der Jäger noch, jedoch erhalte das Tier dort reichlich zu Fressen und auch eine schöne Unterkunft, und Spielmann nickte, äußerlich wohlwollend, innerlich etwas erleichtert, da er das angriffslustige Tier des Jägers für vierzehn Tage weitab seiner Nähe wusste.

Am späten Vormittag des nächsten Tages erreichte der Wagen des Jägers mit Spielmann und den beiden Mitfahrern die Siedlung. Spielmann freute sich schon von Weitem beim ersten Anblick der neuen Bauwerke insofern, da er all seine dunklen Vorahnungen aufs Schlimmste bestätigt sah. Der Jäger lenkte den Wagen in eine Seitenstraße, man stieg aus, sah abschätzenden Blickes umher und schlenderte in behäbiger Besichtigungsgeschwindigkeit an den neuen Häusern vorbei. Alles war sehr sauber, sehr staubfrei, sehr rechtwinklig, sehr genau abgezirkelt, fand Spielmann, hier war eine Siedlung auf Papier gemalt und danach an dem dafür vorgesehenen Platz in der Landschaft abgestellt worden. Weit gehen, um alles zu sehen, musste die Gruppe nicht, denn alles wiederholte sich ständig: Kistenartige Häuser mit fast gleich-langen Seiten und einem vollen ersten Stockwerk, beklebt mit aus billigstem Bauholz geschnittenen Balkonen, die als Abstellplatz für Wäscheständer oder Gerümpel dienten, die Fenster ohne Sprossen, die billigen Türen aus der Fabrik, und nirgendwo wucherte Efeu oder wilder Wein an den Mauern hoch. Die soge-nannten Vorgärten gaben sich kahl und öde: Hinter auf viel zu hohen Sockeln errichteten Zäunen aus Maschendraht, die, so wie Spielmann feststellte, der ganzen Straße etwas vom Reiz eines Gewerbegebietes verliehen, harrten absonderliche kleine Heere aus abweisend stehenden und spitz zugeschnittenen Nadel-pflanzen, dabei eine wie die andere, in der gleichen Höhe, der gleichen Dicke, der gleichen stachligen Abwehrbereitschaft, so als gälte es, sich auf einen feindlichen Angriff vorzubereiten, und dahinter blühten nicht etwa Blumenwiesen, sondern man setzte auf bis zur blanken Erde hinunter abgemähte Grünflächen. Spielmann kannte auch den Grund, warum auf diesen keine Bäume wuchsen: Laub zu rechen war in diesem fortschrittlichen Jahrhundert niemandem mehr zuzumuten, zudem erinnerte er sich, vor Jahren in einer Gartenzeitschrift die dringende Warnung gelesen zu haben, dass liegenbleibendes Laub im makellosen Rasen gelbe Flecken hinterlasse.

Spielmann hatte jetzt schon genug gesehen, genug an Kahlheit, an Ödnis und Trostlosigkeit, und wie froh und dankbar war er, in einem alten, schiefen Dorf zu leben, bis ihm wieder einfiel, dass es dieses Dorf in drei Jahren nicht mehr geben würde. Dennoch konnte er sich nicht vorstellen, in einem Haus zu wohnen, das von einem Bauplaner am Schreibtisch einerseits nach den neuesten Gesetzen der Mode und andererseits unter starkem Kostendruck entworfen worden war. Seine Mitfahrer hingegen hielten alles für sehr zeitgemäß, ordentlich, pflegeleicht, äußerten im Einklang nickende Zustimmung und kaum Beanstandung, und als der Jäger ihn nach seiner Meinung fragte, sagte Spielmann einfach und ehrlich, dass er es scheußlich fände, woraufhin sich ihm stumm alle Gesichter zuwandten, doch er beachtete sie gar nicht, sondern richtete seinen Blick Richtung Sonne, die gerade von mächtigen Wolken verschlungen worden war, und erste zart-glitzernde Regentropfen benetzten seine Brille.

*

Im Verlauf des folgenden Vormittags köchelte in Spielmann eine insgeheime, unruhige Vorfreude, weil er stetig auf das Läuten der kleinen Charlotte an der Tür hoffte. So ging er, die Teetasse in der Hand, von Fenster zu Fenster und lugte hinaus. Vielleicht würde sie nicht wiederkommen, dachte Spielmann, weil sie ihr Bild fertiggestellt und der Mutter geschenkt hatte, vielleicht würde sie ihr Werk in diesem Hause einfach als vollendet betrachten, vielleicht hatte sie ihn und die Malstube fast schon vergessen. Spielmann schob ein letztes Mal den Vorhang vom Flurfenster beiseite, aber noch zeigte sich kein Besuch vor dem Haus, so begann er allmählich, sich im Kopf einen Plan für den heutigen Tag zurechtzulegen. Helga, die Bedienung, würde am späten Nachmittag zur letzten Sitzung für ihr Bildnis erscheinen, dies war bislang der einzige Punkt auf der Tagesordnung, und die Zeit bis dahin galt es entweder totzuschlagen oder zu nutzen. Sonnig war es draußen. Wie in der Siedlung hatte es auch gestern über dem Dorf geregnet, aber das aus einem kurzen, verhuschten Schauer niedergegangene Wasser war auf Feld und Straße längst versickert und verdunstet. Sollte man vielleicht nochmal einen ausgedehnten Waldspaziergang wagen, oder mit dem Fotoapparat hinaus über die Felder und auf den Turmfalken gehen… Da läutete es an der Tür, und das fröhliche Gesicht Charlottes sah zu Spielmann auf. Sie drückte ihm ein Päckchen in die Hand und sagte, es wäre darin ein Kuchen von ihrer Mutter, als kleine Entlohnung, weil sie bei ihm malen hatte dürfen. Spielmann freute sich, lud das Mädchen an den Küchentisch, man teilte sich den Kuchen, und dabei fragte Spielmann, ob sie nicht mit ihm hinaus über die Felder kommen wolle, um den Froschteich in Augenschein zu nehmen. Charlotte sagte, sie hätte noch nie einen echten Frosch gesehen, ob Frösche denn eklig wären, und Spielmann beschrieb ihr deren goldschillernde Augen, ihre von schwarzen Sprenkeln und Linien gezeichnete grasgrüne Haut und ihr lustiges Quaken. Mit den Fahrrädern machten sich die beiden dann über die Feldwege auf und überwanden den letzten halben Kilometer über die Wiesen zu Fuß. Als sie sich dem von Kieseln gesäumten Teich näherten, mahnte Spielmann das Mädchen, jetzt ganz besonders leise zu sein, aber er wusste genau, dass es wenig helfen würde, und als ihre Schatten aufs Wasser fielen, hechteten die Lurche allesamt, einer nach dem anderen, mit einem kleinen ‚plopp' vom Uferrand in den Teich und tauchten unter. Charlotte war gar nicht traurig, alle Frösche auf diese Weise flüchten zu sehen, sie lachte, zudem musste man nur eine Minute warten, bis alle Froschköpfe wieder auftauchten und nach den Eindringlingen spähten, und das Mädchen zählte gewissenhaft all die in die Höhe gereckten Häupter, deren hervorstehende Augen mit starrem Blick prüften, ob die vermeintliche Gefahr vorüber sei, und sie kam auf vierzehn. Spielmann hatte seinen Fotoapparat dabei und mühte sich, von den Teichbewohnern einige annehmbare Bilder zu machen, reichte die Kamera dann weiter an Charlotte, zeigte ihr den Auslöser, und das Mädchen setzte sich an den Rand des Gewässers und holte sich die Froschköpfe in den Sucher. Spielmann setzte sich neben sie, und als sie ihm den Apparat zurückgegeben hatte, hielt er ihn in die Höhe, er und Charlotte steckten die Köpfe zusammen, und er knipste das letzte Foto.

*

Der Wochenanfang war schwer für Spielmann, denn nur mühsam entkam er dem Schlaf, konnte danach dem Blick hinaus auf den Regen nichts abgewinnen, verspürte weder Drang zum Malen noch sich überhaupt aus dem Schlafanzug zu schälen, wanderte ziellos zwischen Küche und Wohnzimmer einher, fand keinen Halt, keinen Sinn in diesem Tag, und suchte sich zu erinnern, wie er bisher mit solch schlechten Tagesanfängen umgegangen war, aber nichts wollte ihm dazu einfallen. Er gab schließlich auf, gab sich seiner Verdrossenheit geschlagen und legte sich aufs Wohn-zimmersofa, den Blick mal zur Decke, mal aufs nassgraue Draußen gerichtet, und fragte sich, ob es nicht überhaupt ange-bracht sei, der Unlust auf diesen Tag nachzugeben und zurück ins Bett zu kriechen. Gern hätte er seinen Morgentee genommen, aber zur Zubereitung desselben fehlte ihm der Ansporn, so blieb er liegen, zog die Decke halb über sich und verachtete sich für seinen mangelnden Antrieb. Mahlzeiten, so dachte Spielmann, Mahlzeiten sind gute Eckpunkte des Tages, sich an ihnen entlangzuhangeln ist leicht, und sie beschäftigen einen für eine Weile, jedoch fehlte ihm wie beim Tee die rechte Laune zur Zubereitung. Eine Köchin zu haben, war sein nächster Gedanke, wäre das nicht großartig, und überhaupt eine Haushälterin, die ihn all seiner lästigen Pflichten zwischen Keller und Speicher entledigte, vielleicht wäre das doch mal eine Überlegung wert, nach dem Umzug sich im fortschreitenden Alter diese Art von Erleichterung zu verschaffen. Diese Überlegung weckte ein paar verbliebene Lebensgeister in Spielmann, er fand dann doch noch zu sich und beschloss, um sich selbst Halt und diesem Tag einen Anfang zu geben, sein Mittagessen im Gasthaus einzunehmen. Zur gegebenen Zeit fand er sich dort ein, besetzte den alten Platz am Fenster, grüßte ein, zwei Leute aus dem Dorf. Die Bedienung Helga kam an den Tisch, und Spielmann bestellte – da er feststehende Gewohnheiten mochte, die ihn in einem Gefühl von Sicherheit wiegten – jenes Gericht, welches er immer bestellte. Dann schwang die Tür auf, und Frau Ewert und Charlotte traten in den Gastraum. Das Mädchen tat einen erfreuten Ruf, so dass Spielmann aus seinem gerade geträumten Tagtraum zurückkehrte, und höchst erbaut war über die Ankunft des Mutter-und-Tochter-Aufgebotes. Schon lief Charlotte zu ihm, die Mutter etwas langsameren Schrittes hinter ihr, und Spielmann erhob sich und lud beide ein, am Tisch Platz zu nehmen. Frau Ewert zögerte einen Augenblick, stimmte dann zu, legte Mantel und Handtasche ab, wies ihrer Tochter einen Platz zu, und bestellte bei der herbeigeeilten Helga für sich und Charlotte zu essen. Charlotte wollte wissen, ob Spielmann denn die Bilder schon entwickeln habe lassen, die am Froschweiher entstanden waren, aber Spielmann musste verneinen, versicherte aber, dass er dies bald im Nachbardorf nachholen werde. Das Mädchen freute sich und sah mit freudiger kindlicher Erwartung zwischen den beiden Erwachsenen hin und her. Das Gespräch kam zunächst über Alltäglichkeiten nicht hinaus und lockerte sich erst, als Charlotte einen schwer beherrschbaren Drang verspürte und zur entsprechenden Örtlichkeit eilte, Frau Ewert hinter ihr herrief, sie solle nicht so rennen, und sich dann Spielmann mit den Worten zuwandte:

„Seit sie hier im Dorf ist, ist sie nur noch schwer an den Zügeln zu halten. Zuhause war sie in letzter Zeit etwas unausgeglichen. Jetzt macht die Landluft sie munter, und abends ist sie dann erschöpft und müde und findet freiwillig ins Bett."

„Sie hat sehr gleichmäßig und geduldig an dem Bild mit der gelben Blume gemalt", sagte Spielmann, aus einem ehrlichen Gefühl heraus, das Mädchen loben und vielleicht auch gegenüber ihrer Mutter ein wenig verteidigen zu wollen. „Sie zeigt große Begabung."

„Sie sagt immer ‚Onkel Spielmann', wenn sie von Ihnen redet. Das Zusammensein mit Ihnen hat ihr gutgetan. Sie sind der männliche Ansprechpartner, der ihr zuhause fehlt."

Nach Beendigung des Mittagsmahls erlaubte Frau Ewert, dass Spielmann Charlotte mit nach Hause nahm, wo das Mädchen den an dicken Kunstbänden schwer tragenden Bücherschrank des Malers entdeckte, sich auf dem Boden niederließ und bedächtig in den alten Meistern zu blättern begann. Spielmann beobachtete Charlotte eine Weile, freute sich an den wach und aufmerksam glänzenden Augen des in sich versunkenen Kindes, ließ sich dann im Sessel nieder und widmete sich der Zeitung. Später unternahmen er und das Mädchen einen Spaziergang zwischen den Feldern, kamen bis an den Waldrand. Ein goldgelber Vogel flatterte dort auf und verschwand zwischen den Wipfeln.

„Oh, hast du den gesehen?" Charlotte reckte begeistert den Zeigefinger nach oben.

„Ein Pirol", erklärte Spielmann.

„Ein Pirol", wiederholte das Mädchen andächtig flüsternd und nahm im Weitergehen Spielmanns Hand.

So schwer, wie es ihm am Morgen gefallen war, dem Schlaf zu entkommen, so schwierig war es für Spielmann in dieser Nacht, ihn zu finden. Ihm kam es vor, als läge er in einem fremden Bett, und es war ihm unmöglich, zwischen Matratze und Kopfkissen eine bequeme Schlafstellung zu finden. Mehrmals formte und knetete er am Kopfkissen herum, welches sich dann entweder als zu flach oder zu hoch erwies, und alle Versuche, ein annehmbares Mittelmaß herzustellen, waren vergeblich. Schließlich stellte Spielmann fest, dass er im hellwachen Zustand in einem sich fremd anfühlenden Bett nicht schlafen konnte, setzte sich ratlos auf die Bettkante und starrte, die Hände auf den Oberschenkeln abgestützt, ins Dunkel. So ruhte er eine unbestimmte Weile in sich selbst, in sich hineinhorchend, ob vielleicht doch allmählich Müdigkeit aufkommen wollte oder ob es doch besser sei, aufzugeben, hinunterzugehen und dort die Sinnsuche fortzuführen. Die Tatsachen sprachen für Letzteres, so fand er sich unten auf dem Sofa wieder, griff nach der Decke, wickelte sich ein und musterte im hellen Licht die von ihm gemalten Bilder an den Wänden. Aber dies schien ihm keine erfüllende Tätigkeit für die Nacht, zudem öffneten sich auch hier in der langsam verfließenden Zeit keine Wege in eine sanfte Nachtruhe, so erhob sich der Maler und schlenderte in seine Malstube, fand die kleine Staffelei dort leer, auf der großen das Bildnis der Bedienung Helga ruhend und trocknend. Das ist es doch, folgte Spielmann einem plötzlich aufgeblitzten Gedanken, der nichts mit der Suche nach dem Schlaf, aber sehr viel mit der Ursache seiner nächtlichen Unruhe zu tun hatte. Das ist es doch, natürlich! Dass mir das erst jetzt einfällt… Spielmann kam in beste Laune ob seiner Idee, griff sich ein Buch und wickelte sich wieder in die Decke auf dem Sofa ein, bis ihn der ersehnte Schlaf doch noch einholte, als draußen schon die ersten hellen Streifen den Himmel aufleuchten ließen.

*

Der Sachverständige, der Spielmann besuchen wollte, um den Wert seines Hauses und damit die Höhe der von der Stromgesellschaft zu zahlenden Entschädigung zu bestimmen, kündigte sich brieflich für einen weit früheren Zeitpunkt an, als der Maler es erwartet hatte, und er scheuchte ihn am entsprechenden Tag auch zu einer für ihn schwer zu überwindenden Uhrzeit aus dem Bett, obwohl Spielmanns Anwesenheit zunächst gar nicht benötigt wurde, denn der Mann im dunkelgrauen Anzug trat zuerst einen schweigenden Rundgang ums Haus an, besah dies und das, beklopfte alles und jenes, schrieb vieles in eine Kladde und sagte nichts. Danach bat er doch noch um Einlass und schritt mit stets streng urteilendem Blick vom Speicher hinab bis in den Keller, immer noch stumm, immer noch vieles betastend, berührend, abklopfend. Nach einer halben Stunde schien er genug Angaben und Zahlen gesammelt zu haben, verkündete, dass er alles, was er heute aufgeschrieben hätte, in ausführlicher Reinschrift der Stromgesellschaft zukommen lassen werde, darin enthalten auch eine Empfehlung der Höhe der zu entrichtenden Entschädigungsleistung, über die er Spielmann jetzt leider noch keine Angaben machen könne, da diese auf vielen Gesichtspunkten beruhe, die es erst noch genau abzuwägen gälte. Spielmann würde, so der Sachverständige zum Abschied, binnen vier Wochen Post von der Gesellschaft erhalten und habe dann zwei Wochen Zeit, dagegen Einspruch zu erheben, sollte er mit dem angesetzten Ausgleichsbetrag nicht zufrieden sein. Anschließend verließ der Mann im dunkelgrauen Anzug schneidigen Schrittes Spielmanns Haus.

Charlotte würde nicht mehr kommen, das wusste Spielmann, denn die kurzen Ferien waren vorbei, und er fand es schade, dass die Tage vergehen mussten, ohne dass er das Mädchen um sich herum wusste, und ihm keine Gelegenheit mehr gegeben wurde, die neue Rolle des ‚Onkel Spielmann‘ an sich selbst zu entdecken. So betäubte er seine Gedanken an diesem Tag zunächst mit Wäsche, die es zu waschen und dann hinter dem Haus aufzuhängen galt, und mit anderen kleinen Hausarbeiten, denn nach Malen war ihm heute nicht. Bei einem sparsamen Mittagessen in der Küche ließ er den etwas unruhigen Blick aus dem Fenster über Feld, Wald und Himmel flackern. Anschließend fand er sich bereit, einer leichten Müdigkeit nachzugeben, begab sich aufs Sofa und schaffte es so, in angenehmer Besinnungslosigkeit zweieinhalb Stunden verstreichen zu lassen, dabei begleitet von merkwürdigen Träumereien, die ihm aber sofort nach dem Erwachen in sinnlose Einzelteile zerfielen und ihn spurlos verließen. Was gab es danach zu tun? Er trat mal ans Fenster, ging mal über den Gang, nahm mal im Sessel Platz, um dabei in einem Buch zu blättern, ohne ihm dabei die erforderliche Beachtung zu schenken, und als er mit all diesen zeitvernichtenden Halbtätigkeiten fertig war, griff nach seinem Fotoapparat und begab sich hinaus, um dort Bilder von der Landschaft in der sich langsam drehenden und senkenden Sonne einzufangen, diesmal nicht beim Gang über Felder und Wiesen, sondern bequem von der an der warmen Seite des Hauses stehenden Holzbank, und beim wiederholten Betätigen des Auslösers fiel ihm auf, dass er etwas noch nie fotografiert hatte: Sein Haus. Es war höchste Zeit dazu, sagte er sich und fing an, sein Heim, sein Gehäuse zu umrunden und in Bildern festzuhalten, zunächst je ein Bild von allen vier Seiten, dann auch kleine, scheinbar alltägliche Einzelheiten wie jener lange Riss im Putz auf der Nordseite, den der Efeu gnädig bedeckte, oder die in der Witterung vornehm ergrauten Bretter der Verkleidung der den offenen Feldern zugewandten Hauswand, und selbst die im leisen Wind bunt sich wiegende Wäsche auf der Leine. Und da war noch mehr, es galt doch auch, die ganze Umgebung für die Nachwelt festzuhalten, denn nichts würde in drei Jahren mehr von ihr übrig sein als ein riesiges Loch. So trat Spielmann ein paar Schritte hinein ins Feld und fotografierte das Dorf von der Nordseite, bekam dabei auch das sich in engmaschiges Gehölz duckende Hexenhaus der Witwe Kreisler auf den Film sowie, nach genauerer Einstellung der Kamera, das Storchennest auf dem Kamin des Hofes vom Bauern Fenk, leider jedoch ohne dessen geflügelte Bewohner. Danach wanderte Spielmann langsam seine Straße hinunter und machte Bilder der Höfe und Häuser links und rechts, ging vor bis zur Kreuzung, wandte sich um und knipste, in der Mitte der Straße stehend, den ganzen freien Durchblick von dort an den Häusern vorbei, hinaus aufs Feld bis zum entfernten Waldrand. Dann ließ er die Kamera sinken, blinzelte hoch zum Himmel, hinaus zum Wald, zog die schweren Gerüche des Bauerndorfes in die Nase. Diese dörfliche Luft, so dachte Spielmann, klebt Häuser, Feld, Wald, Himmel und Erde zusammen, aber wenn die Bagger kommen, ist auch sie weg, das Gefüge stürzt ein, und das Einzige, was bleibt, ist der Himmel. Aber wird dieser dann noch der gleiche sein?

Spielmann verbrachte noch eine Weile auf seiner Holzbank am Haus. Irgendwann schwang er sich auf sein Fahrrad und radelte zur Auskunftsstelle der Stromgesellschaft, dabei jenen Gedanken im Kopf, der ihm in jener schlaflosen Nacht umgetrieben hatte. Als Frau Ewert nach Dienstschluss aus der Tür trat, ging er auf sie zu, grüßte und fragte, ob sie sich nicht von ihm malen lassen wolle.

*

Spielmann legte Pinsel und Palette beiseite, sagte seinem Modell, es könne sich entspannen, betrachtete Lichtpunkte, Schattierungen und Farbverläufe auf der Leinwand mit dem üblichen einschätzenden, aber schon wohlwollendem Blick, schien einstweilen mit allem zufrieden und erkundigte sich dann, ob er mit einer Tasse Tee dienen könne. Frau Ewert nahm das Angebot gerne an, wollte jedoch nicht am Küchentisch platznehmen, darauf hinweisend, dass sie jetzt über zwei Stunden nahezu bewegungslos gesessen habe – mit einer kurzen Pause, zugegeben –, und dass sie sich jetzt nur noch danach sehne, ein paar Schritte auf und ab zu gehen. Spielmann lud daher nach dem Tee noch zu einem Gang zwischen den Feldern, und man machte sich auf und schlenderte nordwärts Richtung Wald. Es dauerte nicht lang, und ein leichter Regenschauer zog auf, so dass Spielmann die Richtung zu einem Unterstand wies, unter welchem der Bauer Fenk Heuballen gelagert hatte und auf denen es sich auch bequem sitzen ließ. Frau Ewert zündete sich eine Zigarette an, blies den Rauch Richtung Himmel und sah hinaus übers Land, und Spielmann nutzte mit etwas verstohlenem Blick diese Gelegenheit, sie einmal nicht als Modell zu betrachten, sondern als jemanden, der ihm so geschmackvoll städtisch, überhaupt weltgewandt und so voller abgeklärter und doch anmutiger Gestik schien, und schon begann er sich zu fragen, wie er wohl auf sie wirken mochte, als Landbewohner, der im blaukarierten Hemd und in Hosen aus grobem Stoff umging und zwischen Farbklecksen und Pinseln einsiedelte.

„Es ist kein Wunder, dass es Charlotte hier so gefallen hat", sagte Frau Ewert, immer noch über Ackerfurchen und Waldränder hinwegsinnend. „Eine schöne Landschaft, wie gemacht für Kinder."

„Und gefällt sie Ihnen auch?" fragte Spielmann.

„Ja. Es ist weit und still."

Die kleine Wolke über den Feldern hatte sich bald leergeregnet und wurde von einem blitzenden Sonnenstrahl durchstochen. Frau Ewert sah zum Himmel. Spielmann sah, wie sich Sonnenlicht und blauer Horizont in ihren Augen spiegelten.

„Wie heißen Sie mit Vornamen?" fragte er.

„Marianne", sagte sie.

Die zweite wochenendliche Malsitzung mit Marianne Ewert musste etwas früher abgebrochen werden, denn während zu Beginn noch hell die Sonne über dem Haus stand, wurde es im Verlauf einer knappen Stunde grau und wolkig draußen, so dass es Spielmann an natürlichem Licht zum Malen mangelte. Der Maler und sein Modell wechselten in die Küche und wärmten sich die Hände an den vor ihnen auf dem Tisch stehenden Teetassen, während draußen starker Regen einsetzte. Marianne fragte Spielmann, ob sie sich eine Zigarette anzünden dürfe, dieser hatte nichts dagegen, und sie sah, bedächtig rauchend, stumm und mit starrem Blick den ans Fenster ploppernden Regentropfen zu.

„Auf dem Land ist der Regen gar nicht so schlimm", sagte sie nach einer Weile. „Er passt viel besser in die Landschaft. Die Pflanzen brauchen ihn, und die Bauern auch. In der Stadt aber macht er alles nur grau."

„Ich habe längst vergessen, wie der Regen in der Stadt aussieht", entgegnete Spielmann.

„Eigentlich sieht er genauso aus wie hier. Aber er lässt Straßen und Häuser trostlos wirken. Ein Feld im Regen sieht gar nicht trostlos aus. Auch ein Wald nicht. Wann waren Sie das letzte Mal in einer Stadt?"

„In keiner mehr, seit ich hier wohne."

Marianne drückte die Zigarette aus, und ein unsicherer Blick streifte den Maler.

Es vergingen einige Wochen, bis Marianne wieder Zeit fand, ihre dritte und letzte Malsitzung in Spielmanns Haus abzuleisten. Spielmann arbeitete nur noch an wenigen Feinheiten, was Haar und Gesichtszüge Mariannes anbelangte, danach widmete er sich fast ausschließlich der wirklichkeitsnahen Abbildung ihres roten Kleides, und seine Absicht war es, den einfarbigen Stoff trotz seiner Schlichtheit in all seinem Glanz, seinem Fluss und seinem feinen Faltenwurf in Vollendung auf die Leinwand zu übertragen. Die ganze verdichtete Aufmerksamkeit des Malers war auf diese Tätigkeit, die ihm all sein handwerkliches Können abverlangte, gerichtet, so dass er mit Marianne, während er malte, noch weniger sprach als bei den beiden vorherigen Durchgängen, und sich lediglich darauf beschränkte, sie ab und an mit gedämpfter Stimme zu bitten, sich nicht zu bewegen, um den vorher mühevoll zurechtgezupften Faltenwurf nicht zu gefährden. So entstand im Vergehen des Nachmittages ein nahezu stummes Miteinander, bei dem Spielmann ganz in seiner Arbeit aufging und Marianne das ihr aufgezwungene stille und reglose Dasein mit viel innerer Anstrengung und genauso viel äußerer Gelassenheit ertrug. Nach nicht ganz zwei Stunden fand Spielmann, dass es genug sei und hielt es für angebracht, Pinsel und Palette aus der Hand zu legen. Wieder war es eine Zigarette, nach der sich Marianne als erstes sehnte, und anschließend nach einer Tasse Kaffee und nicht nach dem Tee, den Spielmann ihr aufzutischen gedachte. Da Spielmann das gewünschte Getränk nicht bereitstellen konnte, sie aber darauf beharrte, fragte Marianne, ob man nicht ins Gasthaus gehen wolle, aber beide, sie und Spielmann, hatten unmittelbar den gleichen Gedanken, dass es feinfühliger wäre, ein Gasthaus in einem der Nachbardörfer aufzusuchen. Die Aussicht auf Kaffee, Luft und Bewegung brachte endgültig das Leben in Mariannes versteiften Körper zurück, sie griff nach dem Autoschlüssel, sah Spielmann fröhlich-auffordernd an und war schon aus dem Haus. Spielmann, von so viel jugendlichem Eifer völlig überrumpelt, suchte noch nach der Jacke sowie dem richtigen Schuhwerk und lief ihr hinterher. Marianne hatte den Wagen gestartet, das Fenster heruntergekurbelt, den Arm hinausgelegt. Kaum hatte Spielmann neben ihr Platz genommen, gab sie Gas und rauschte hinunter zur Kreuzung an der Hauptstraße, wo sie anhielt und Spielmann erwartungsvoll ansah. Der verstand nicht gleich, bis Marianne ihn aufklärte, er müsse sagen, wohin man gedenke zu fahren. Spielmann schlug den Nachbarort vor, in dem er einzukaufen pflegte, Marianne gab sich damit zufrieden und folgte seiner Anweisung. Kurz vor dem Ortsausgang näherte sich von vorne der Wagen des jagenden Vetters des Bauern Modersohn, und Spielmann fühlte sich veranlasst zu verkrampfen, sich im Sitz kleiner zu machen und sein Gesicht in der Hand zu verbergen, sich dabei selbst versichernd, dass er dies nur tue, um Marianne einen Gefallen, einen Dienst zu leisten. Als sie den Jäger hinter sich gelassen hatten, blickte Spielmann aus den Augenwinkeln scheu und verstohlen zu Marianne hinüber, aber diese schien von seinem Versteckspiel nichts bemerkt zu haben, und er deutete das leise Lächeln auf ihren Lippen nicht als Heiterkeit ob seines Verhaltens, sondern als Freude über diesen befreienden Ausflug.

Da Spielmann ein erhofftes Gespräch nicht in Gang brachte und Marianne dazu auch keine Anstalten machte, war er froh, sie wenigstens von Zeit zu Zeit zum Links- oder Rechtsabbiegen auffordern zu können, bis man den Nachbarort erreicht hatte, und Spielmann wies den Weg in eine Seitenstraße hinter dem Supermarkt, wo er ein Café wusste, das er allerdings noch nie betreten hatte. Man konnte dort unter Bäumen im Freien sitzen, und Marianne erhielt endlich ihren ersehnten Kaffee. Spielmann war nicht mehr ganz so unbehaglich zumute wie gerade eben noch neben ihr im Wagen, und fühlte sich befreit genug, ihr mitzuteilen, wie sehr er sich freue, dass sie ihm heute noch einmal für den Abschluss des Bildes zur Verfügung gestanden hatte. Marianne wollte wissen, ob er das Bild verkaufen würde, und Spielmann erklärte ihr freimütig, dass er seine ‚Gesichter' grundsätzlich nicht verkaufe, da er aufgrund seiner Erbschaft nicht darauf angewiesen sei, erwähnte aber auch den fleißigen Kunsthändler Hagen, dem es von Zeit zu Zeit gelinge, dass er, Spielmann, sich von einem Werk lossagte. Marianne fragte ihn, ob er mit seiner Erbschaft ein reicher Mann sei, und Spielmann antwortete wahrheitsgemäß, dass ihm sein Guthaben auf der Bank lediglich ein arbeitsfreies Leben ermögliche, dass er jedoch kein Millionär sei und dies auch nicht sein wolle, da er nicht wisse, wozu man Geld brauche, das man nicht braucht. Auf Mariannes nächste Frage, warum er male, wusste er nur die Antwort, er müsse einfach, dies sei Zweck und Bestimmung seines Daseins. Ob er einen Lieblingsmaler habe? Spielmann nannte zwei, drei Namen, und Marianne nickte, nur bei einem mochte sie Spielmann nicht zustimmen und sagte, dieser hänge doch nur noch in den Küchen von traurigen Leuten. Spielmann lachte laut, und Marianne war erstaunt, das sonst so starre Gesicht des Malers von Leben und Erheiterung aufgehellt zu sehen, und lachte mit. Gutgelaunt bestellte sie Kuchen für beide, und als Teller und Tassen leer waren, war ihr wieder nach Bewegung. Spielmann schlug einen Spaziergang um einen nahegelegenen See vor, der sich mit dem Wagen in kürzester Zeit erreichen ließ. Zwar war Wochenende, das dicht von Bäumen umstandene Wasser jedoch lag still, glatt und vor allen Dingen einsam, denn das Wetter gab sich unbeständig, und erste graue Schlieren trübten den Himmel, was bewirkte, dass der Maler und sein Modell bei ihrem Rundgang niemandem begegneten. Hier, zwischen Wald und Wasser, war es merklich kühler, so dass Spielmann Marianne seine Jacke anbot, die sie sich dankbar um die Schultern legte. Man kam an einem kleinen Holzhaus vorbei, vor welchem im Schilf am Seeufer ein Ruderboot lockte. Spielmann wurde übermütig und fragte Marianne, ob man nicht eine Fahrt über den See machen solle, und sie hatte nichts dagegen. Spielmann wusste, wer der Besitzer des Hauses war, ein Mann nämlich, welcher auf der anderen Seite des Ortes wohnte und sich nur ab und an am Wochenende zum Angeln hierher begab, und dieser hätte sicher nichts dagegen, so dachte Spielmann, sein Boot für eine Stunde zu verleihen. Auf mehrmaliges Anklopfen an der Eingangstür regte sich nichts, so kaperten er und Marianne das Boot, und Spielmann ruderte hinaus auf den See. Marianne beobachtete dabei unauffällig, doch aufmerksam, wie sich der Maler, den sie auf mindestens zehn Jahre älter als sich selbst schätzte, Mühe gab, sich im regelmäßigen Bewegungsablauf unangestrengt zu zeigen und sich dabei doch so selbstsicher und ruhig gab, als wäre es seine Gewohnheit, den ganzen Tag junge Damen über Gewässer zu rudern. Erst malt er mich, jetzt bringt er mich über diesen See, dachte sie. Es scheint ihm wirklich ernst zu sein, dachte sie weiter, er hat zwar schon viele gemalt, aber bestimmt hat er sie dann nicht alle hier hinausgerudert. Ohne falsche Zurückhaltung und mit leicht belustigtem, aber nicht spöttisch belegtem Blick, betrachtete sie das Gesicht des Malers, das doch nur einen Meter von dem ihren entfernt war, und dessen Augen jenen der Frau doch nicht begegnen wollten. So nahm sie zunächst nur sein silberspiegelndes Brillengestell wahr, welches ohne Zweifel noch aus dem letzten Jahrzehnt stammte, und danach, über der kantigen Stirn, sein kurzes, von sich kräuselnden Silberfäden durchwirktes drahtiges Haar von dunklem Grau. Sie verlegte sich im Anschluss zunächst auf die genauere Inaugenscheinnahme seiner Kleidung, des karierten, von einzelnen Farbtropfen beklecksten Hemdes und der abgewetzten Hose aus grobem Stoff, verzieh ihm aber diesen Aufzug gerne, da sie einsah, dass dies nun mal die Garderobe des malenden Menschen sei, und feiner Stoff und Sonntagsanzug vor der Leinwand unangebracht und fehl am Platze gewesen wären. Ihr Blick glitt dann an Spielmanns Ärmeln abwärts bis zu den Händen, welche im gleichen Bronzeton schimmerten wie das Gesicht des Malers, und sie schloss, dass er trotz seiner engen Bindung an die Malstube offenbar viel Zeit im Freien, unter der Sonne, verbrachte. Spielmann entging dabei keinesfalls, dass er ab- und eingeschätzt wurde, gab sich jedoch so, als würde er davon nichts bemerken und seine Aufmerksamkeit voll und ganz auf die so umfangreiche wie vielschichtige Tätigkeit des Ruderns richten, aber es gelang ihm dabei nicht, eine gewisse Angespanntheit zu verbergen, die Marianne sehr wohl witterte. Sie schwieg nach wie vor und löste all ihre Beobachtungen in einer leichten inneren Erheiterung auf, und nachdem der Maler weiterhin keine Anstrengungen in Richtung der Aufnahme eines Gespräches unternahm, wandte sie ihren Blick ab von ihm und richtete ihn auf das Unmittelbare: Wasser, Wald und Himmel. Ungefähr in der Mitte des Sees stellte Spielmann die Tätigkeit des Ruderns ein und fragte Marianne, ob es ihr hier draußen gefiele. Sie nickte und sagte, es sei schön hier auf dem See, schön und still. Spielmann erwiderte, dies habe sie auch über die Felder im Dorf gesagt, aber Marianne sagte nichts weiter, sondern deutete nur ein leises Lächeln an.

Am Abend dieses Tages, als Marianne sich längst verabschiedet hatte und zurück in die Kreisstadt gefahren war, fand sich Spielmann ziellos durch sein Haus wandernd, nicht in der Lage, ruhig in seinem Ohrensessel die Aufmerksamkeit auf ein Buch oder die Zeitung zu richten, und darüber hinaus völlig außerstande, seinen Kopf, in dem unzählige halbfertige Gedanken köchelten, abzukühlen. Beim Erwachen am nächsten Morgen, nach einer unruhigen Nacht, ging es ihm ähnlich, aber er beschloss, sich an diesem Tag ausschließlich mit der Arbeit, mit dem Malen zu beschäftigen, trotz des kalten und spärlichen Lichtes, das ihm dieser Regentag bescherte und auch noch weiter bescheren würde, denn im Vergehen der Stunden wurden mit den immer wütender werdenden Schauern auch die den Himmel verdeckenden Wolken schließlich tintenschwarz, so dass es dem Maler irgendwann zu düster wurde in seiner Stube, und er seine Tätigkeit für diesmal aufgab. Um nicht wieder ins Grübeln zu kommen, wie der Rest des Tages zu Ende gebracht werden konnte, begab sich Spielmann in die Küche, um sich mit der Zubereitung des Abendessens zu beschäftigen, begann gerade in seinen Vorräten zu wühlen, als es an der Tür läutete, und draußen, sich beschirmt gegen Wind und Regen wehrend, Marianne stand.

*

Im Dorf gab es keine öffentlichen Verkehrsmittel, die Spielmann in jenen größeren Nachbarort bringen hätten können, von wo aus der Zug in die Kreisstadt fuhr, so war sein nächster Gedanke, entweder das Rad zu nehmen oder sich zeitlich abzukürzen und beim jagenden Vetter des Bauern Modersohn anzufragen, ob dieser ihn nicht hinüberfahren und am Bahnhof absetzen könne. Der Jäger bot sich daraufhin an, Spielmann auch gerne bis zur Kreisstadt zu bringen, aber dieser wollte dem Jäger aus Höflichkeit nicht zu viel abverlangen und sich darüber hinaus auch nicht die Last eines zurückzuzahlenden Gefallens aufbürden, so blieb es beim ursprünglichen Vorhaben, und schließlich fand sich Spielmann zur Mittagszeit vom Bahnhof Richtung Kreisstadt abfahrend. Bislang war er diese Strecke nur ein einziges Mal gefahren, in die Gegenrichtung, an jenem Tag, als sein Umzug von der Stadt ins Dorf abgeschlossen war und er sich mit dem letzten Koffer dorthin auf den Weg gemacht hatte. Über die Art und Weise, vom Bahnhof hinüber ins Dorf zu gelangen, hatte er sich damals keine Gedanken gemacht, dann aber einen bereitwilligen Bauern gefunden, der ihn samt Gepäck auf einem Anhänger mitnahm, eine Art zu Reisen, die Spielmann, der zu dieser Zeit voller Vorfreude auf das einfache Landleben gewesen war, aufs Äußerste zusagte.

Die wenigen Leute im Wagen mit Spielmann beschäftigten sich mit Buch oder Zeitung oder ergingen sich in gedämpften Plaudereien, seine eigene Aufmerksamkeit jedoch galt ausschließlich der vorbeiziehenden Landschaft und ihren sich häufenden Anzeichen, dass man sich in tuckernder Allmählichkeit einer größeren Stadt näherte. Es ging ihm dabei jedoch wie unlängst beim Besuch in der Plansiedlung, denn auch für in neuerer Zeit links und rechts der Bahngleise Erbautes konnte er nur Geringschätzung aufbringen, und er fand es schade, dass Wald und Grün in großen Flächen geopfert und anschließend mit allerlei Unansehnlichem verbaut wurden, und dieser Eindruck ließ ihn bis zur Ankunft in der Kreisstadt nicht mehr los. Erst als der Zug in den Zielbahnhof einfuhr, besann sich der Maler wieder auf den Grund seiner Reise, und eine wohlige Vorfreude begann in seinem Bauch zu wühlen. Mit dem Koffer in der Hand lief er unter dem Gleis hindurch und auf der anderen Seite wieder hinauf, stand anschließend auf dem Bahnhofsvorplatz, rückte die Brille zurecht und spähte über die ihm unbekannte Umgebung hinweg, bis er Mariannes Wagen ausfindig gemacht hatte. Sehr hatte er sich darauf gefreut, dass auch Charlotte mitkommen würde, um ihn abzuholen, aber Marianne sagte, ihre Mutter habe Charlotte über das Wochenende zu sich genommen. Zuhause angekommen, wies Marianne dem Maler seinen Platz auf dem Wohnzimmersofa zu, tischte Getränke auf und setzte sich neben ihn. Da man nicht den ganzen Tag zuhause verbringen wollte, hatte Marianne geplant, dem Maler die, wie sie es ausdrückte, ,schönen Seiten' der Stadt zu zeigen, und damit meinte sie hauptsächlich den Stadtpark, über dessen gewundene Wege sie Spielmann dann am frühen Abend geleitete. Man besetze eine Holzbank und bewunderte den Ausblick, oder zumindest Marianne tat dies, während Spielmann nicht anders konnte, als er selbst zu sein und die ihn umgebende, von Stadtplanern erzeugte Landschaft mit ihren leblosen Grünflächen und punktgenau abgestellten Bäumen nur mit Misstrauen wahrnehmen zu wollen. Marianne bemerkte den etwas mürrischen Gesichtsausdruck des Malers durchaus, bemühte sich, ihn in eine schönere Wirklichkeit zurückzuführen, so fand ihre Hand schließlich die seine, und die Finger umspielten sich sacht.

Am Wochenanfang erwachte Spielmann allein, Marianne war längst zur Arbeit ins Dorf gefahren, und das einzige Andenken, das sie ihm für diesen Tag hinterlassen hatte, war eine Nachricht mit der Anschrift der Schule, wo es Charlotte abzuholen galt. Spielmann fand sich dort zum betreffenden Zeitpunkt ein und hatte zunächst einige Mühe, in der bunten Menge der aus dem Schulgebäude herausflutenden Kinder Charlottes Zöpfe auszumachen, und letztendlich war nicht er es, der sie fand, sondern Charlotte stand mit einem Mal vor ihm und tat ihre Überraschung mit einem freudigen Ausruf kund. Die Anweisung der Mutter des Mädchens besagte, sich unmittelbar nach Hause zu begeben und dafür zu sorgen, dass Hausaufgaben gemacht wurden, aber Charlotte hatte anderes im Sinn, nahm Spielmann, mit der Ankündigung, ihm etwas zeigen zu müssen, bei der Hand und zog ihn eilig weg vom Schulhof, hin vor das Schaufenster eines Spielzeugladens. Mit träumerischem Blick bewunderte das Mädchen die ausgestellten Spielsachen, und da Spielmann seinem Drang, ihm einen Wunsch erfüllen zu wollen, nur schwer unterdrücken konnte, fragte er Charlotte, ob sie hineingehen wolle, und auf ihr heftiges, stummes Nicken hin betraten die beiden den Laden, kamen an von Teddybären bevölkerten Regalen vorbei, bewunderten glitzernde Glasmurmeln und machten schließlich auf Anweisung Charlottes vor einem großen Korb halt, der mit handgroßen Stofftieren gefüllt war, und in dem sie begeistert zu wühlen begann, bis sie schließlich ein in metallisch schillerndes Violett eingekleidetes Wesen fand, das einer Echse ähnlich sah und erklärte, dieses sei ihr Lieblingstier. Spielmann bezahlte, und Charlotte war glücklich und drückte das Tierchen an sich. Nachhause wollte sie immer noch nicht, sondern auf den Spielplatz, und auch hier leistete Spielmann nicht lange Widerstand und ließ sie gewähren, denn die ungezügelte Lebensfreude des Kindes stimmte ihn froh, und nachdem sie ihm die lila Echse mit der Anweisung, gut darauf aufzupassen, in die Hand gedrückt hatte, stürmte Charlotte zur Schaukel und schwang sich juchzend in übermütige Höhen. Als die beiden doch noch den etwas verspäteten Weg nach Hause gefunden hatten, sorgte Spielmann dafür, dass Charlotte mit ihren Hausaufgaben begann und bot ihr Hilfe an, wenn sie sie benötigte. Während das Mädchen beschäftigt war, fiel Spielmann ein, dass er die Fotos im

Koffer hatte, die er und Charlotte unlängst beim Ausflug zum Froschteich gemacht hatten, kramte diese hervor, und zeigte sie ihr nach Beendigung der Hausaufgaben. Sie deutete auf das Bild, das sie mit Spielmann zusammen zeigte, und lachte fröhlich. Schließlich fand sie die Aufnahme, die sie von den Fröschen gemacht hatte, und hielt es dicht vor ihr Gesicht.

„Die sehen alle aus wie Onkel Rudolf", stellte sie schließlich fest.

„Wer ist Onkel Rudolf?"

„Das ist Mamas Bruder. Er ist älter als sie, weißt du. Und er sieht aus wie ein Frosch. Er hat auch keinen Hals, dafür aber dicke Glubschaugen."

Abends, als Marianne nachhause gekommen war und Charlotte schließlich schlief, zogen sie und Spielmann sich in eine Sofaecke zurück, und Marianne ließ erschöpft vom Tag ihren Kopf auf Spielmanns Schoß ruhen. Spielmann sagte, dass er morgen früh mit ihr zurück ins Dorf fahren werde. Marianne schwieg, und da ihre Augen geschlossen waren, wusste Spielmann nicht, ob sie schlief, und wagte zunächst kein Wort und keine Bewegung mehr. Aber Marianne war wach, denn nach einer Weile fragte sie, ob er nächstes Wochenende wieder zu ihr käme, und Spielmann sagte gerne zu.

*

Spielmann ging seiner neuentdeckten Tätigkeit, das Dorf für die Nachwelt fotografisch festzuhalten, weiter mit Eifer nach, wanderte tagsüber über Straßen und Wege und fing mit seiner Kamera mittlerweile nicht nur mehr Häuser und Höfe, sondern auch die kleinen Zufälligkeiten des Dorflebens ein, wie die sich um die letzten Pfützen des zugeschütteten Teiches auf dem Dorfanger streitenden Enten, die Katze des Bauern Fenk, die in einem Pflanzkübel vor dem Gasthof Mittagsschlaf hielt, dann den Bauern Fenk selbst, als er ein halbes Dutzend halbwüchsiger Schweine in den geräumigen Kofferraum seines Wagens lud, um damit zum Markt zu fahren, danach den Waldarbeiter Krull bei seiner Tätigkeit als Freilichtfriseur vor seinem Haus, und auch den Bauern Schmidt, der sich seines Oberhemdes entledigt, die Pfeife in den Mundwinkel gesteckt hatte und mit der Sense das halbmeterhohe Gras auf seinem Grundstück kappte. Auch fotografierte Spielmann das Taubenhaus des Bauern Schmidt, das ebenso unter Denkmalschutz stand wie dessen Hof, was aber denen, welche die Bagger schicken würden, gleichgültig sein konnte, da jene, die den Denkmalschutz einst veranlasst, ihn auch wieder aufgehoben hatten, so dass das Taubenhaus in der gleichen Stunde wie der Hof und die Scheune und die Wiesen des Bauern Schmidt sterben würde. Lediglich ein einziges Bauwerk entzog sich des Malers Mitleid und daher auch der fotografischen Ablichtung: die Kirche in der Mitte des Dorfes, von der in drei Jahren ebenso kein Stein mehr übrig sein würde wie von allen anderen Häusern, und Spielmann, als entschiedener Ablehner und jederzeit angriffslustiger Gegner jeglichen steuerlich bezahlten Aberglaubens, fühlte dabei eine unverhohlene Schadenfreude in sich. Betreten hatte er die Kirche noch nie, und wenn er dem Geistlichen auf der Straße begegnete, grüßte man sich zwar kurz und einsilbig im beschleunigten Aneinandervorbeigehen, aber hielt wenig voneinander, denn für den Mann der Kirche war Spielmann eine bemitleidenswerte, verlorene Seele, die sich nicht retten lassen wollte und somit immer weiter an den Abgrund der ewigen Verdammnis rutschte, während er selbst in Spielmanns stets misstrauisch zusammengekniffenen Augen nichts weiter war als der Schäfer einer riesigen Menschenherde, die vereint im Kampf gegen die Wirklichkeit einer verlogenen Idee auf den Leim gegangen war, welche mit ihrer, so fand Spielmann, gesellschaftlichen Anerkennung, unangezweifelter Selbstverständlichkeit und weitläufigem Machtraum mehr als fragwürdig zu nennen war. Und es hatte in dieser Sache der Messung und des Aufeinanderprallens der unterschiedlichen Weltanschauungen durchaus Meinungsverschiedenheiten und Auseinandersetzungen im Dorf gegeben, so war Spielmann eines Abends im Gasthaus mit einem ebenso eifrigen wie lautstarken Kirchengänger aneinandergeraten, welcher Sitten und Gebräuche der Völker in den noch unzureichend erforschten Gebieten südlicher Erdteile ins Lächerliche gezogen hatte und höhnisch kundtat, dass diese Menschen noch an, wie er es nannte, verkehrte Weltbilder und heidnischen Budenzauber, an Schamanen, Medizinmänner und Totems glaubten, worauf Spielmann nicht umhin gekommen war, sein Gegenüber zu fragen, welches Recht ausgerechnet dieser denn hätte, sich als zahlender Anhänger eines vorderasiatischen Wüstenglaubens, dessen früher Künder angeblich Wunder wirkte und dessen Vertreter ihren Anhängern ein Weiterleben nach dem Tode zusicherten, über geistliche Gepflogenheiten anderer lustig zu machen, und wer denn nun der hier zum Narren gehaltene sei. Der Mann hatte nun schon zu viel Bier im Kopf gehabt, um sich noch ausreichend und mit Verstand zur Wehr setzen zu können, hatte aber noch angebracht, dass der Glaube vielen Menschen die Kraft, im Leben zurechtzukommen, gebe, worauf Spielmann sich abgewandt hatte. „Was versteht ihr schon vom Leben", hatte er dabei noch verächtlich gesagt. „Die Geschichte zeigt, dass ihr mehr vom Tod als vom Leben versteht. Nicht umsonst ist euer Firmenzeichen doch eine Leiche."

Die Toten, dachte Spielmann, als er am Kirchhof vorbeikam, die Toten auf dem Friedhof, die müssen sie ausgraben und umbetten, die Bauern gehen nicht ohne ihre Toten. Es fiel ihm der alte Bauer Modersohn ein, der hinter den dicken Mauern seines Hofes nach seinem Herzanfall siechend darniederlag, und er wusste auch, was der Arzt aus dem Nachbardorf gesagt hatte und was alle wussten, dass der Bauer Modersohn einen Umzug lebend nicht überstehen würde, falls ihm überhaupt noch die Zeit bis dahin vergönnt war. Nicht nur die Häuser, dachte Spielmann, fallen den Ereignissen zum Opfer, auch die Menschen.

Als er den Ortsausgang erreicht hatte – dabei, an der Auskunftsstelle der Stromgesellschaft vorbeikommend, ein Lächeln Mariannes durchs Fenster erhaschend –, machte er Halt und erblickte dort weitere Opfer, die trotz aller Mächtigkeit und Größe und Ehrwürdigkeit nicht in der Lage sein würden, sich zu wehren: die alten Bäume, die hier beidseitig die beginnende Landstraße einfassten. Diese Bäume zu fällen, um den Schaufelbaggern den Weg zu ebnen, würde nur einen Vormittag dauern. Und jener Baum, der einsam mitten auf dem Feld des Bauern Schmidt stand, den dieser leben hatte lassen, selbst als ihn die staatlichen Flurbereiniger vor einigen Jahren für dessen Vernichtung schon die Belohnung ausbezahlt hatten – so wie sie ihn für die Vernichtung der Hecken zwischen seinen Feldern belohnt hatten –, jener stets von hüfthohem Gebüsch umrankte, vom Wind nach Westen gebogene Baum, der seit zweihundert Jahren Zuflucht für Spechte, Eichhörnchen und Siebenschläfer gewesen war, auch er würde nicht zu retten sein. Spielmann hatte in diesem Augenblick genug für heute, denn auch wenn er sich mit dem Gedanken, aus dem Dorf weggehen und hinter sich ein Trümmerfeld zurücklassen zu müssen, längst abgefunden hatte, überkam ihn doch an schlechteren Tagen zwar nicht Verzweiflung, aber Wut über jene, die, so ähnlich wie es Rolf Hagen bei seinem Besuch gesagt hatte, an Schreibtischen saßen und das Ende einer Landschaft bestimmten. Und ausgerechnet von jenen bekam er heute Post, denn als er nach Hause zurückkehrte, fand er im Briefkasten einen dicken Umschlag mit dem Angebot einer Entschädigung für die Einebnung seines Hauses und die Verwüstung seines Grundstückes. Spielmann nahm den Umschlag an sich, legte ihn aber zunächst beiseite und öffnete ihn erst am späten Abend. Er gab sich nicht die Mühe, das umständliche Anschreiben durchzulesen, überging auch sämtliche Auflistungen, Berechnungen, gesetzliche Hinweise, sondern durchsuchte das Schreiben auf die eine Stelle, auf die es ihm ankam, fand sie schließlich doppelt unterstrichen im hinteren Drittel des Papierpackens, lachte verächtlich, und setzte sich an den Schreibtisch, um in bester Laune eine Ablehnung des Angebotes zu schreiben. Es dauerte nur eineinhalb Wochen, bis das nächste Angebot eintraf, und diesmal musste Spielmann nicht lange nach der betreffenden Stelle suchen, denn das Schreiben bestand nur noch aus wenigen Seiten. Wieder setzte er sich abends an den Schreibtisch und schrieb der Stromgesellschaft in zwei Zeilen, dass er sich leider erneut nicht in der Lage sähe, auf das Angebot einzugehen, man möge doch bitte Verständnis haben. Spielmann wusste, dass er sich nicht dagegen würde wehren können, dass man ihm das Dach über dem Kopf zerschlug, aber er wusste auch, dass er dazu vorher würde das Haus verlassen müssen, und dies würde er nur tun, wenn man auf seine Vorstellungen einginge – also galt es, das Unternehmen rücksichtslos auszureizen. Für das dritte Angebot brauchte die

Stromgesellschaft etwas länger, denn offenbar war man jetzt über jenen Abschnitt im beidseitigen Hin und Her hinaus, an dem vorher festgelegte Zahlen durch die Gegend geschickt wurden, und nun musste dort jemand sich den Fall Spielmann genauer ansehen und den vermeintlichen Quertreiber endlich mit einem – wie man dort wahrscheinlich fand – völlig überzogenen Entschädigungsbetrag ruhigstellen. Spielmann lächelte in sich hinein, als er das dies Angebot sah, und war der Meinung, dass sich die hohen Herren in der Großstadt diesmal wirklich Mühe gegeben hatten, und am folgenden Wochenende fand er sich abends im Wirtshaus ein und warnte jeden, bei den bevorstehenden Verhandlungen weder auf das erste noch das zweite Angebot des Unternehmens einzugehen, sondern geduldig bis Angebot drei zu warten. Wieder entspann sich unter den Dorfbewohnern ein überhitzter Meinungsstreit über die gegenwärtige Sachlage, und Spielmann verließ das Wirtshaus alsbald, da er Gespräche nicht mochte, bei denen derjenige, der seine Meinung am lautesten kundtat, glaubte im Recht zu sein, und überdies, da der das Gefühl hatte, nichts Weiterführendes mehr beitragen zu können.

Das darauffolgende Wochenende verbrachte er bei Marianne und Charlotte in der Kreisstadt und widmete sich in den wenigen freien Augenblicken, die ihm die beiden ließen, den Häuseranzeigen der örtlichen Zeitungen, denn längst stand fest, dass Spielmann nicht allein, sondern mit Marianne und Charlotte ein neues Heim beziehen würde. Zwar war die Auswahl nicht groß, dennoch fand er zwei Angebote, die ihm zusagten, so griff er zum Kugelschreiber, kennzeichnete sie mit glänzend dunkelblauen Kringeln und zeigte sie später Marianne. Marianne wusste, dass von der Ankündigung des Entschädigungsbetrages bis zur Auszahlung noch Wochen, sogar Monate vergehen konnten, aber Spielmann sagte, dass er aufgrund seiner Erbschaft immer noch genug Geld habe, um einen Gutteil des Preises für ein neues Haus zumindest anzuzahlen, den Rest könnte mittels eines Darlehens aufgebracht werden. Marianne wies auf die Zinsen hin, aber auch hier konnte Spielmann sie beschwichtigen, denn wenn die Entschädigung käme, so sagte er, würde man sie gewinnbringend anlegen können und so die Belastung durch die Zinsen mühelos ausgleichen. Marianne war noch nicht beruhigt, da sie, wie sie sagte, keinen Pfennig zu einem neuen Haus beitragen könne, zudem zeigte sie sich immer noch besorgt über Spielmanns wirtschaftliche Lage, jedoch versicherte Spielmann ihr erneut, dafür bestünde kein Anlass.

Spielmann saß auf dem Sofa, Marianne, mit der Zeitung in der Hand, stand vor ihm. Dann legte sie die Zeitung weg, setzte sich zu ihm, nahm seine Hand und schwieg, und Spielmann konnte in ihren Augen lesen, dass sie versuchte, ihre Gedanken zu ordnen. Marianne war nicht nur besorgt wegen des Geldes, sondern sie wusste auch, dass Spielmann eine überdurchschnittliche Begabung zum Einsiedler besaß, und dass, schon seit er im Dorf angekommen war, er im selbstgewählten Verzicht auf Bindung lebte, und all diese Gedanken machten ihr, im Hinblick auf eine gemeinsame Zukunft, Angst. Schließlich rückte sie etwas näher zu ihm und überwand sich zur Frage, ob er sein nunmehr fünfzehn Jahre andauerndes Alleinsein nun einfach hinter sich lasse könne. „Ich kann das", sagte Spielmann. „Für dich kann ich das."

*

Marianne wollte an einem der nächsten Tage ihren Schreibtisch etwas eher verlassen, um Charlotte aus Rücksicht auf ihre Mutter zeitiger als sonst abzuholen, dann jedoch änderte sie ihr Vorhaben und fuhr hinüber zum Haus des Malers. Obwohl sie und Spielmann unter der Woche nur wenige hundert Meter voneinander getrennt waren, sahen sie sich nicht oft, denn Treffen zur Mittagszeit vermieden sie, um Geflüster und Geraune im Dorf keinen Vorschub zu leisten, und nach der Arbeit musste Marianne meist so schnell es ging nachhause, um ihre Mutter von den Obhutspflichten zu entlasten. Auch die Tatsache, dass Spielmann über kein Telefon verfügte, trug dazu bei, dass beide ihre Abende meist nur in Gedanken aneinander verbringen konnten. An diesem Tag aber konnte Marianne den Drang, ihren Freund zu sehen, nicht unterdrücken, und beide beschlossen, eine kleine Fahrt in die Sonne zu unternehmen, um den warmen Sommerabend zu genießen. Spielmann griff nur noch nach seiner Kamera, dann steuerte Marianne den Wagen unter seiner Anleitung hinaus aus dem Dorf, entlang enger Landstraßen, schließlich über einen befestigten Feldweg, der zwei Rapsfelder voneinander trennte und an einem Waldrand endete, wo die beiden den Wagen stehenließen und wie verliebte Halbwüchsige Hand in Hand sich der Sonne, dem Blau des Himmels und der schwirrenden Sommerluft, die schwer gegen Feld und Wald drückte, hingaben. Der Maler konnte auch heute seinen Drang, beim Gang durch Landschaften stets Fotos zu machen, nur für wenige Minuten beherrschen, dann machte er die Kamera schussbereit; jedoch richtete sich seine Aufmerksamkeit diesmal ausschließlich auf Marianne, die sich zunächst mit dem Hinweis wehrte, dass er doch schon ein sogar selbstgemaltes Bildnis von ihr habe, dann jedoch den Widerstand gnädig auf- und sich ihrer Rolle als Foto-modell hingab. In einem unaufmerksamen Augenblick Spiel-manns jedoch entriss sie ihm, der die Kamera nicht um den Hals hatte, da ihm der verschwitzte Lederriemen im Nacken lästig geworden war, übermütig den unablässig klickenden Apparat und rannte davon in den Wald, und zwar so schnell, dass Spielmann ihrer nicht mehr ansichtig werden konnte und zunächst ratlos stehenblieb. Schließlich vernahm er das Klicken des Fotoapparates, schritt langsam auf den Waldrand zu und sah hinter einem Baum den Schatten Mariannes, der die Linse auf ihn gerichtet hatte. Als er fast bei ihr war und sie von hinter dem Baum greifen wollte, fasste er ins Leere, und ihm war, als hätte sie sich aufgelöst, hörte nur ihre davoneilenden Schritte auf dem Waldboden und ein helles Lachen. Schon kam von hinter dem nächsten Baum das Klicken, und so ging es in einer Hatz bis zum dritten oder vierten Baum, bis Marianne sich stellte und den Apparat zurückgab. Das Paar trat aus dem Wald und ließ sich in einer Blumenwiese nieder, Spielmann hockte sich zwischen Gräser und bunte Blüten, während Marianne sich neben ihn legte, den Kopf auf die Hand gestützt, ihn mit hellem Auge betrachtend. Spielmann machte ein letztes Foto von ihr, dann fand er, es sei genug, und legte die Kamera beiseite. Marianne forderte ihn auf, näherzukommen. Die Blicke der beiden verhakten sich, und

Spielmann spürte, wie ein Wust aus ungezähmten, wurlenden Gefühlen ihm vom Bauch bis in die Kehle stieg, und er hätte Marianne gern gesagt, was er empfand, glaubte aber dem, was er fühlte, nicht mit Worten gerecht zu werden, und unterließ es, auch wenn er fürchtete, Marianne damit zu enttäuschen. Er suchte schließlich, dieser misslichen Lage mit einem rettenden Einfall zu entkommen, bat die überraschte Marianne, einen Augenblick zu warten, stürmte davon und kehrte mit einem üppigen Feld-blumenstrauß wieder, den er ihr mit einer vielleicht etwas zu steifen und aufgesetzten Geste überreichte, was sich ganz aus der Überwältigung seiner Gefühlswelt ergab. Marianne ahmte seine Gebärde mit spöttelnd hochgezogener Augenbraue nach, und Spielmann glaubte dabei ihrem Blick und ihrem Ausdruck anzumerken, dass es ihr doch lieber gewesen wäre, er hätte sein Innerstes nach außen gekehrt und mit Worten kundgetan, aber sie freute sich dennoch über den Strauß und sog den Blütenduft ein, rückte näher an ihn heran und legte den Kopf an seine Brust. Beide schwiegen. Spielmanns Gedanken wollten sich nicht beruhigen, aber immer noch war er nicht fähig, sie wiederzugeben, und Marianne sagte nichts, vielleicht weil sie immer noch hoffte, Spielmann würde endlich das sagen, was sie gern gehört hätte, und so lagen sie still, nur umgeben von den kleinen Geräuschen der Sommerwiese, wie der gelegentlich vorbeibrummenden Biene, dem Knistern der Gräser und den rätselhaften Unterhaltungen der Vögel vom nahen Waldrand. Spielmann nahm wenig davon wahr, der Mittelpunkt seiner Welt und überhaupt, so schien es ihm, der gesamten Welt, war ihm in diesem Augenblick nur das, was er unmittelbar sah, und dies war ausschließlich Marianne, genauer, ihr Kopf an seiner Brust, ihr in der Sonne goldflimmerndes Haar, der helle Glanz ihrer Ohrringe, die Linie ihres Halses bis zur Schulter, auf welcher der schmale Träger ihres Sommerkleides ruhte, ihre schöne Hand, die sie auf seinem Oberschenkel abgelegt hatte und deren Wärme er durch den Stoff spürte, die angewinkelten Beine mit der Rundung ihrer Knie. Spielmann beobachtete, dann schloss er die Augen, nicht um sich dem Gesehenen zu entziehen, sondern um den Genuss damit noch zu vertiefen. Etwas Zeit verging, und Marianne und er sprachen wenig, nur über die Wolken am Himmel oder über das Rauschen in den Gräsern, bis Marianne vorschlug, noch ein Stück zu gehen. Sie gingen Hand in Hand wie zuvor, und Marianne hielt ihren Blumenstrauß fest. Ein kleines Waldstück empfing sie mit gnädigem Schatten, gedämpftem Laut und tastendem Licht, und sie folgten einem schmalen, von dichtem Unterholz gesäumten Pfad, der sie alsbald wieder aus dem Wald heraus- und unmittelbar an ein reifendes Maisfeld heranführte, wo Marianne erneut die Lust zum Versteckspiel ergriff und zwischen den leuchtend grünen Blättern entschwand. Spielmann sah sich zunächst verwirrt ob der Schnelligkeit, mit der Marianne sich abermals entfernt hatte, lachte jedoch in sich hinein und beschloss, ihr Spiel auch diesmal mitzuspielen, wollte ihr indes nicht auf Verdacht einfach quer durch das dicht bepflanzte Feld hinterherlaufen, sondern folgte einer Schneise, die sich vor ihm auftat und das Feld in zwei Hälften schnitt, beschleunigte seinen Gang etwas, spähte dabei zur Seite, zwischen den aufgereihten Stengeln hindurch und hoffte, Marianne so aufzuspüren. Vergeblich hielt er nach dem leuchtenden Rot ihres Sommer- kleides Ausschau, während sein Schritt dabei immer schneller wurde und er schließlich in einen trabenden Lauf verfiel, dabei merkend, dass ihm schneller die Luft knapp, die Beine schwer und das Herz rasend wurde, als er es geahnt hätte. Das Feld war lang, unendlich lang, die Schneise vor ihm schien in ihrem stockgeraden Verlauf genau so unendlich wie die Reihen an Maispflanzen, und längst pochte in ihm das Gefühl, dass es, um Marianne wieder- zufinden, sinnvoller wäre, sich auch mitten hinein ins Feld zu begeben, so tat er es ihr gleich, drängte die Pflanzen mit schnei- denden Ellenbogen auseinander, reckte und duckte sich ab- wechselnd, um irgendwo Anzeichen über den Verbleib Mariannes auszumachen. Alsbald hörte er ihren Ruf, und es war ihm, als wäre dieser von außerhalb des Feldes zu ihm gedrungen, so stürmte er nach draußen, und dort stand Marianne, in nur zwanzig Schritt Entfernung, und winkte ihm fröhlich zu. Spielmann war regelrecht erleichtert, atmete kurz durch und ging auf sie zu, aber für Marianne war das Spiel noch nicht zu Ende, sie entkam ihm aufs Neue, verschwand wieder zwischen den hohen

Pflanzen, so lief Spielmann auf die Stelle zu, von der sie ihm gewunken hatte, querte dann erneut das Feld und musste feststellen, dass sie auch diesmal schneller und schlauer gewesen war. Schließlich fand Spielmann, es wäre das Beste, das Hetzen und Schwitzen in diesem grünen Irrgarten aufzugeben, so begab er sich zurück auf die Schneise, sank im Schatten der Pflanzen in die Hocke und versuchte, seine Atmung wieder auf ein entspanntes Maß zu senken. Dabei rief er mehrmals Mariannes Namen, und als sie nichts erwiderte, ließ sich der Maler rücklings ins weiche Gras fallen, Arme und Beine von sich gestreckt, schloss die Augen und schnaufte schwer in die Luft. Als er die Augen wieder aufschlug, kniete Marianne über ihm, strich ihm fürsorglich die Haarbüschel aus dem Gesicht und entschuldigte sich für das, wie sie sagte, alberne Versteckspiel. Spielmann richtete sich auf, griff zunächst dankbar nach ihrer Hand und tätschelte ihren Arm, zog sie anschließend näher zu sich und schaffte es doch noch, sich zu bekennen.

„Es ist schön, dich zu spüren", sagte er.

Marianne schlang ihre Arme um seinen Hals. Der Feldblumenstrauß entglitt ihr, die Blüten fielen ins Gras.

*

Unlängst hatte sich Rolf Hagen wieder mit einem langen Brief bei Spielmann gemeldet, er wusste vom Widerwillen des Malers, von seinen Bildern, seinen Gesichtern, zu lassen, und hatte ihm nun in aller Ausführlichkeit und in nachdrücklich bittendem Ton vorgeschlagen, doch wenigstens einige Landschaften zu schaffen, zum wiederholten Male darauf hinweisend, dass dies wenig Aufwand und dadurch leicht verdientes Geld sei. Spielmann hatte vor Jahren die letzten Landschaften gemalt, ihm galt der festgehaltene Augenblick im Leben, der sich in seinen Gesichtern spiegelte, viel mehr, und Landschaften erlebte er am liebsten, indem er sie nicht malte, sondern betrat und durchwanderte. Dennoch hatte Hagen auch schon bei seinem kürzlichen Besuch nicht ganz unrecht gehabt, wenn er gerade in Spielmanns gegenwärtiger Lage auf die wirtschaftlichen Möglichkeiten durch den Verkauf einiger Bilder hinwies, und es würden Bilder sein, auf dessen Besitz der Maler ohnehin keinen großen Wert legte, so dass der Trennungsschmerz sehr gering ausfiele. Durchaus beherrschten in letzter Zeit – besonders, wenn er nicht mit der Malerei beschäftigt war – Zahlen Spielmanns Kopf: Geldbeträge, Berechnungen, die derzeitigen Häuserpreise, und auch wenn er wusste, dass der Verkauf des alten Hauses und der Erwerb eines neuen auch ohne Zubrot machbar sein würde, schien es doch nicht verkehrt, sich einen Nebenverdienst für etwaige zusätzliche Wünsche zu sichern, auch im Hinblick auf das zukünftige Zusammenleben mit Marianne, die sicherlich andere Vorstellungen von der Einrichtung eines neuen Hauses hatte, als sich dort Spielmanns ausgeleiertes Sofa und seine wackeligen Stühle hineinzustellen. Spielmann focht dazu einen kleinen Kampf mit sich selbst aus, denn dem begeisterten Maler in ihm, dem es nur um die schiere Kunst ging, widerstrebte die Vorstellung, nun plötzlich zum Kunsthersteller, wie er es nannte, abzusteigen, überdies, so hatte Hagen gefordert, wenn er seine Zweifel doch überwinden könnte, so sei es angebracht, großformatige Bilder zu malen, da diese im Augenblick sehr gefragt seien bei wohlhabenden Menschen, die ihre weitläufigen Häuser mit entsprechend ausladenden Bildern schmücken wollten, und Spielmann scheute diesen Aufwand, es würde ihn unnötig viel Zeit und Farbe und Leinwand kosten. Natürlich hatte ihn Hagen in seinen schriftlichen Ausführungen auch wieder mit großen, runden Zahlen versucht zu locken, und er hatte erneut vorgerechnet, für eine Landschaftsdarstellung in der genannten Übergröße bis zu drei- oder sogar dreieinhalbtausend Mark verlangen zu können – abzüglich seines Anteils für den Verkauf des Bildes –, denn trotz oder gerade seines Widerwillens, seiner Zurückgezogenheit und seiner Scheu verfügte Spielmann auf dem von ihm so verachteten Kunstmarkt einen ausgezeichneten, zudem fast geheimnisvollen Ruf. Wenn sich, so hatte Hagen weiter und zum wiederholten Male angeführt, Spielmann also überwinden könne, lediglich drei dieser Bilder fertigzustellen – dies war seine stete und von Spielmann so ungeliebte Umschreibung für das einfache Wort ‚malen' –, so könne man schnell einen ‚Umsatz' von bis zu neun-

oder gar zehntausend Mark erzielen. Spielmann beschloss, noch eine Nacht mit sich selbst zu ringen, bevor er eine Entscheidung fällen wollte, jedoch, was für ihn schon jetzt feststand, war die Absicht, seinem Freund Hagen als geschäftstüchtigen Händler von Gebrauchsbildern eine kleine Ohrfeige zu versetzen, indem er die Landschaften frei von seiner Unterschrift lassen würde, aber er kannte Hagen auch zu gut, um nicht zu wissen, dass dieser sich gegenüber seiner Kundschaft aus dieser Lage mit all seiner Begabung fürs Verkäuferische ohne größere Schwierigkeiten herausreden würde können. Am nächsten Tag ging Spielmann hinüber zur Witwe Kreisler, um Hagen anzurufen und ihm die ‚Fertigstellung' einiger Landschaften zuzusagen, und Hagen war mehr als erfreut darüber, dass dies schon binnen der nächsten vier Wochen passieren sollte, und man kam überein, dass der Kunsthändler am Ende des Monats ins Dorf kommen würde, um die Bilder einzusammeln.

Selbst wenn Spielmann im Einklang mit der Stimme der Vernunft sich dabei über die zusätzlichen Einnahmen freuen konnte, so war es immer noch das Dargestellte in den Gemälden selbst, das ihm auf eine schwer zu erklärende Weise nicht zusagte. Landschaften, dachte er bei sich, Landschaften, was tu ich hier. Er hatte in ziemlicher Eile und mit grobem Strich und hastigen Tupfern über den folgenden Nachmittag ein zwar nicht großes, wie von Hagen gefordert, aber immerhin doch mittelgroßes Bildnis einer Landschaft auf die Leinwand gebracht, und dies keinesfalls vor der Natur, in Wald oder Flur und nicht einmal inmitten eines dem Bauern Fenk oder dem Bauern Schmidt gehörenden Feldes, sondern zuhause, in der Malstube, mit einem seiner zahlreichen Fotos, die er draußen gemacht hatte, als Vorlage. Noch immer spürte und hörte er dabei den Kampf zweier Hälften und Stimmen in sich: Die eine, die ihm raunte, dass er sich damit ausverkaufe, die andere, die ihn mahnte, an das leichtverdiente Geld zu denken. Während einer Pause setzte er sich, nahm die Fotografie, die ihm als Vorlage diente, zur Hand und verglich sie mit deren getreuer Wiedergabe auf der Leinwand. Nie zuvor war ihm recht aufgefallen, dass seine Fotos grundsätzlich menschenleer waren, und er schätzte es selbst so ein, dass dies genau jene Eigenschaft war, die ihm daran am meisten gefiel. Nur, betrachtete er nun die gleiche Landschaft in gemalter Weise auf der Leinwand, so schien ihm diese Leere fast als Fehler im Gemalten selbst. Er, der den Menschen oft genug aus dem Weg ging, malte am liebsten Menschen, und konnte jetzt nicht verstehen, warum es jemand drängen konnte, sich eine leblose Ansammlung getupfter und gestrichelter Bäume, Gräser und Wolken über das neue Sofa zu hängen. Es gibt eben auch Menschen, so sagte er sich, denen Kunst nur Schmuck ist – hier ist eine kahle Wand, sie muss verziert werden. Das Bild würde keinen weiteren Zweck erfüllen, man konnte nicht, so wie in seinen anderen Bildern, davor stehenbleiben und in den Gesichtern der Abgebildeten lesen, man konnte sich im Gegenteil überhaupt nirgendwo festhaken, und vermutlich war das auch gar nicht der beabsichtigte Zweck, den jene Menschen, die ihre Wände behängen wollten, im Sinn hatten. Sie wollten vielleicht einfach nur mit fröhlichen Farben ihr graues Heim ebenso fröhlich machen. So verflacht Kunst zur Tapete, dachte Spielmann, und ich bin ab sofort Tapetengestalter, ich mache mich zum Lieferanten, zum Diener, zum Mittäter jener, die mit zu viel Geld ein zu großes Haus mit zu großen Wänden bauen und dann feststellen, wie trostlos es doch aussieht. Aufmuntern konnte ihn nur der Gedanke, dass er nicht darauf angewiesen war, seinen Lebensunterhalt auf Dauer derartig zu bestreiten, und dass dies aufgrund der derzeitigen Umstände eine einmalige, nicht mehr wiederholbare und schnell zu vergessende Ausnahme sein würde, und dass es vor allen Dingen darauf ankam, dies auch Rolf Hagen beizubringen, der vermutlich schon hoffte, den Maler für alle Zeit umgestimmt zu haben, um ihn fortan als Künstler auf Bestellung und Abruf für seine Zwecke umzuformen. Dies, so schwor sich Spielmann, würde nicht geschehen, und wenn diese Arbeit für Hagen vorbei sein würde, galt es, sich wieder auf das einzulassen, was ihm als Maler am wichtigsten war, nämlich auf der Leinwand zu verwirklichen, was ihm selbst gefiel und nicht etwaigen Käufern, und es würde auch überhaupt keine Käufer mehr geben und auch keine Zugeständnisse mehr, und er dachte noch weiter, und zwar an jene Zeit, in der er selbst nicht mehr da sein würde, und es galt zu veranlassen, dass man seine Bilder kostenlos für die Öffentlichkeit ausstellte, und es für alle Zeit untersagt sei, auch nur ein einzelnes Bild zu veräußern.

Spielmann verließ Landschaftsbild und Malstube. Er sehnte sich nach Marianne. Es war gleich fünf, sie würde binnen einer halben Stunde ihren Arbeitsplatz verlassen und nach Hause fahren. Er konnte sie heute nicht einfach fortgehen lassen. Um den neugierigen Blicken der Dörfler angesichts einer Zusammenkunft zwischen ihr und ihm zu entgehen, ersann er einen Plan, schwang sich aufs Fahrrad, radelte aus dem Dorf hinaus, um nur wenige hundert Meter hinter dem Ortsausgang am Wegesrand abzusteigen. Um kurz nach fünf Uhr wurde er Mariannes Wagen gewahr und winkte sie von der Straße. Als er sie zwischen dem abgestellten Wagen und dem Schatten eines alten Baumes in den Armen hielt, wurde ihm klar, dass dieser kurze Augenblick der schönste war, den er heute erleben sollte, und wie wenig Freude er hingegen beim Malen den Tag über verspürt hatte, während ihn gleichzeitig schon das Bedauern über die unvermeidliche Kürze, die dieser Begegnung innewohnte, überkam, und er empfand unvermittelt den starken Drang, diesen für beide so unbefriedigenden Zustand ein für alle Mal und schneller als vorgesehen ändern zu wollen. Schon länger hatte ihn der Gedanke beschäftigt, zu Marianne zu ziehen, bis ein Haus gefunden war; zwar war ihre Wohnung nicht groß, aber es würde sich dennoch begrenzte Zeit darin auch zu dritt leben lassen. Bevor er ihr nun seine Überlegungen kundtun konnte, tat sie ihre kund, und diese kamen aus einer ganz anderen Richtung, denn Marianne hatte sich für die Zeit der kommenden Schulferien Urlaub genommen und schlug Spielmann vor, gemeinsam mit ihr und Charlotte zu verreisen. Es war lange Jahre her, dass Spielmann zuletzt eine größere Reise angetreten hatte, und seit er im Dorf lebte, begriff er sein Leben als Urlaub, so dass ihm der Gedanke, Urlaub vom Urlaub zu machen, nicht gekommen wäre, aber er wusste, dass er dort hinginge, wo auch Marianne hinging, und so zögerte er nicht, ihrem Vorschlag zuzustimmen, dabei über sich selbst staunend, wie schnell er, wenn er nur vom richtigen Menschen angestoßen wurde, seine eingefahrenen Gewohnheiten bereit war zu ändern, und wie gern und unumwunden er Marianne diesen Wunsch erfüllen wollte.

Marianne freute sich und begann über mögliche Reiseziele zu sprechen, jedoch war Spielmann nicht mehr ganz bei der Sache, zwar hörte er ihre Stimme, achtete aber kaum auf das Gesagte, sondern konnte seinen stummen Blick weder vom hellen Leuchten ihres Gesichtes wenden noch vom tiefen Glanz ihrer Augen, bis Marianne dies gutmütig bemerkte und keineswegs verstimmt anführte, dass es vielleicht besser wäre, wenn Spielmann am Wochenende zu ihr und Charlotte käme, um dort der Urlaubsplanung schärfere Umrisse zu verleihen. Dieser Einladung kam Spielmann gerne nach, so dass an besagtem Wochenende entschieden wurde, dass es das Meer sein sollte, wohin die Reise führte, und darüber hinaus nutzte Spielmann wieder einmal den Aufenthalt in der Stadt, um sich einen Überblick über die in den örtlichen Blättern angebotenen Häuser zu verschaffen. Unter all denjenigen Anzeigen, von denen ihm und Marianne nur wenige zusagten, fand sich auch ein Angebot eines landesweiten Haus- und Wohnungsbauunternehmens, welches dort neu zu bauende Heime anpries, die zwar nicht nach Kundenvorgaben erstellt wurden, es jedoch durchaus mehrere Haustypen gab, aus denen man das für sich geeignete auswählen konnte. Marianne und Spielmann tauschten sich aus. Beide fanden, dass die Auswahl an zu erwerbenden Häusern in der Stadt zu schmal und deren Beschaffenheit dann auch oft unbefriedigend war, so dass es noch unbestimmte Zeit dauern konnte, bis das Passende gefunden wurde. Ein neu gebautes Haus musste ihnen daher verlockend erscheinen, jedoch, was es jetzt einzuwenden galt, war der Kaufpreis, der selbst bei dem kleinsten der von dem Unternehmen insgesamt vier angebotenen Häusertypen um einiges höher lag, als Spielmann für sein altes Haus bekommen würde, und letztlich auch die nicht unerhebliche Dauer bis zur Fertigstellung eines Neubaus. Beide beschlossen, nüchtern abzuwägen, Für und Wider gegenüberzustellen, und über die nächsten Tage hinweg reiflich darüber nachzudenken, ob sie dieses Wagnis, dieses Abenteuer eingehen wollten oder nicht. Der eigentlich Geforderte in diesem Fall war natürlich Spielmann selbst, denn seinem Geldvermögen oblag es, die zusätzliche, unvorhergesehene Last zu tragen, und so erging er sich in der nächsten Zeit wieder einmal in ausgiebigen

Berechnungen und Ein- und Abschätzungen, die er meist im Kopf entwarf, sie dann mit dem Stift zu Papier brachte und durchdachte und sich dabei mühte, nichts schöner zu rechnen als es eigentlich war. Leicht fiel ihm dies nicht immer, denn der Wunsch, Marianne und ihre Tochter in einem Haus bei sich zu wissen, führte ihn oft in die Nähe gefährlicher Selbstüberschätzung, was die Dehnbarkeit seines Geldvorrates betraf, und dann fiel es ihm schwer, sich selbst wieder in Wirkliches zurückzubringen und sich zu sagen, dass der Wunsch, das Wollen nicht stärker werden dürfe als die Mahnung der Vernunft. So besprach er sich mit Marianne, und das Paar kam überein, sich mit dem Bauunternehmen zu verständigen und anzufragen, ob die Erstellung eines unverbindlichen Angebotes machbar sei. Man sicherte ihnen daraufhin zu, sich spätestens binnen drei Wochen zu melden. Bis dahin und bis die gemeinsame Urlaubsreise anstand, ging Marianne ihrer Arbeit nach und Spielmann der seinen, nämlich jener der von ihm ungeliebten Art, welche darin bestand, die zugesagten Landschaften für Rolf Hagen fertigzustellen. Spielmann fiel es angesichts der vielleicht bevorstehenden Notwendigkeit, sich zusätzliche Einnahmen zu sichern, leichter, den Unwillen, den Widergeist, der dabei in ihm wühlte, zu zähmen, und so überwand er sich und malte in kurzer Zeit fünf Landschaften, wie beim ersten Bild zwar nicht in der von Hagen geforderten Übergröße, aber doch wohl groß genug, um den Kunsthändler und dessen wohlgestellte Kundschaft, welche so gern die Leerstellen ihrer Wohnungen mit Buntem zu verhängen wünschte, zu beeindrucken.

Als Hagen nun mit seinem großen, noch leeren Wagen bei Spielmann vorfuhr und vor das Vollendete trat, neigte er, ganz seiner Art nach, wieder den Kopf zur Seite, spielte mit Daumen und Zeigefinger an seinem Kinn, verschränkte die Arme, und der im Hintergrund leicht belustigt abwartende Spielmann spürte wieder sehr deutlich, dass der Freund selbst in diesen kunstlosen Farbspielereien, deren Öl noch nicht trocken war, wieder etwas Großes, etwas Gewaltiges wittern würde, und er sollte Recht behalten, denn Hagen sparte nicht an wichtigen Worten, um Spielmann seine eigenen Gemälde zu erklären.

„Dein Strich ist ungleich zarter und feiner als auf jenen Bildern, die du deine Gesichter nennst", begann er. „Deine Gesichter sind bei all ihrer körperhaften Lebendigkeit von härterem und auch klarerem Umriss, aber es wäre falsch, diesen Strich auch vor der Natur anzuwenden, und du hast dies richtig erkannt, und wer, wenn nicht du, würde diese Notwendigkeit nicht als Erster erkennen. Die Weichheit und, man möchte fast sagen, die Vorsicht der Ausführung lässt diesen Werken viel Licht, viel Tiefe angedeihen, in fast noch größerer Deutlichkeit, als wir sie in der Wirklichkeit vorfinden. Licht zeigt sich uns, besehen wir die Natur, oft nur da, wo es gar nicht ist, denn wir Menschen neigen eher dazu, Schatten wahrzunehmen, aber der Maler, der sich an die Abbildung der Natur wagt, der ist dazu verdammt, jenes sichtbar Unsichtbare, das Licht nun einmal ist, über die Landschaft zu legen, und du hast dich dieser Herausforderung gestellt und sie wahrlich angenommen und mit Meisterschaft bewältigt. Was dem oberflächlichen Betrachter, jenem, der kein Fachmann der Kunst ist, zu diesen Bildern einfallen könnte, sind die Meister des neunzehnten Jahrhunderts, jene, die in der freien Natur malten, die auf ihre Weise Sonne und Farbe und das Gegenständliche vermischten. Ich aber sage, dieser Vergleich kann hier nicht gelten, denn sie alle malten aus einer Schule heraus, in der sie sich zusammengeschlossen hatten, während du dich von jeglicher Schule und sogar von dir selbst gelöst und – ich glaube, dies ist nicht übertrieben gesagt – zu einem neuen Ich gefunden hast. Dies ist der Weg, den große Kunst heute gehen kann, und wir können von Glück sagen, dass wir zwar in einer Zeit leben, in der viele Künstler das Dingliche verzerren, es aber begleitend noch andere Schaffende gibt, die sehr wohl zu beweisen in der Lage sind, dass die wahre Kunst darin liegt, das Gegebene so darzustellen, wie es in aller Lauterkeit und Reinheit vor uns liegt, und uns damit täglich aufs Neue begeistern."

Spielmann, äußerlich entspannt, innerlich bemüht, die anwachsende Belustigung über das von Hagen Gesagte zu zähmen, beobachtete seinen Freund noch einige Augenblicke, und dann setzte ein, was er geahnt hatte und was auch unausweichlich war, nämlich Hagens Bemerken der in der rechten unteren Ecke der

Bilder nicht vorhandenen Unterschrift des Künstlers. Hagen beugte sich vor und nach rechts und nach unten, suchte zwischen gemalten Grashalmen und Blüten nach dem gewinnbringenden Wort, schob dabei seine Brille auf dem Nasenrücken auf und ab, und wandte sich dann dem Maler zu, allerdings nicht, so wie Spielmann gedacht und vielleicht auch ein bisschen gehofft hatte, in unwirscher Verständnislosigkeit, sondern nur mit einem wissenden Lächeln.

„Ich verstehe", sagte Hagen. „Du willst deinen guten Namen nicht durch geistlose Landschaftsbilder schadhaft machen."

Dem, und auch Hagens Ausführungen zu den Bildern, so fand Spielmann, galt es nichts mehr hinzuzufügen. Hagen fuhr beglückt mit einem gut gefüllten Wagen von dannen, und wenige Tage später erreichte Spielmann eine briefliche Nachricht des Kunsthändlers, in der sich nicht nur ein über eine ansehnliche Summe ausgefüllter Scheck fand, sondern der Absender jubelte, dass alle Bilder verkauft seien, eines an seinen Rechtsanwalt und der Rest an einen wohlhabenden Geschäftsmann. Natürlich war Hagens Mitteilung neben allem Jubel über weite Strecken auch ein inniges Flehen nach der schnellen Lieferung weiterer Land-schaften zarten und feinen Strichs, aber Spielmann überflog diese Zeilen nur kurz, sie erregten seine Aufmerksamkeit nicht. Vielmehr machte er sich noch in der gleichen Woche auf zu einer Bahnreise in die Großstadt, um dort einen Vertrag auf der Grundlage des Angebotes, das sich Marianne und er von der Wohnungsbaugesellschaft hatten erstellen lassen, zu unter-zeichnen, einen Vertrag für den Bau ihres neuen Heimes. Spielmann hatte dabei insbesondere auch an Charlotte gedacht, denn sicher wäre es ihm im Lauf der Zeit gelungen, ein vielleicht nur annehmbares, bestenfalls befriedigendes Haus ausfindig zu machen, aber er wollte, dass das Kind schnell der Enge der kleinen Wohnung entkommen und mit all den Bequemlichkeiten eines zeitgemäßen Zuhauses aufwachsen sollte. Dabei war ihm Hagens Scheck zur rechten Zeit gekommen, denn es galt, das für den Bau benötigte Grundstück zu bezahlen, welches am grünen Rand der Kreisstadt gelegen war, und dessen Kauf Spielmann mit dem Besitzer, einem Landwirt, mit einem Handschlag besiegelt hatte.

In der Großstadt angekommen, ließ sich Spielmann mit einem Taxi zum Hauptsitz der Wohnungsbaugesellschaft fahren, fragte dort am Empfang nach dem Sachbearbeiter, mit dem er über die letzte Zeit sich des Öfteren brieflich und fernmündlich verständigt hatte, fuhr mit dem Aufzug ins angewiesene Stockwerk, wurde von eben jenem Sachbearbeiter, der ihn oben an der Aufzugtür abpasste, in ein mit schweren Teppichen ausgelegtes weiträumiges Büro geleitet, dort auf einen Stuhl gesetzt, und eine Stunde später reichte man ihm einen Kugelschreiber zur Unterzeichnung des soeben ausgehandelten Vertrages. Es galt noch, eine Anzahlung zu leisten, dazu, so hieß es, würde ihm die nächsten Tage eine entsprechende Rechnung zugehen. Spielmann und der stets lächelnde Sachbearbeiter schüttelten sich die Hände, und Spielmann fuhr wiederum mit dem Taxi zurück zum Bahnhof, nahm den Zug in die Kreisstadt und legte abends Marianne zu deren sichtlicher Freude das für beide so bedeutende Schriftstück vor.

*

Männliche Modelle hatte Spielmann in seiner Malstube immer nur wenige zu Gast gehabt, und dies nicht etwa, weil er weibliche bevorzugte, sondern weil er hatte feststellen müssen, dass die Männer im Dorf sich zierten. Sie schienen es für eine Sache der Frauen zu halten, sich vor einen Maler zu setzen, stillzuhalten und ihr Äußeres, aber hauptsächlich ihr Gesicht und damit auch ihr Inneres preiszugeben, und so war es gekommen, dass Spielmann über die Jahre hinweg zwar Dutzende von Frauen und Mädchen aus dem Dorf in Öl auf der Leinwand verewigt hatte, aber nur drei oder vier männliche Gesichter sich in seiner umfangreichen Sammlung fanden. Spielmann war dennoch immer bestrebt, dies zu ändern, und in letzter Zeit hatte er kurze Gespräche mit dem Waldarbeiter Krull geführt und ihn langsam auf seine Seite gezogen, so dass dieser an einem Tag, an dem, so wie Spielmann sich auszudrücken pflegte, das Licht gut stand, sich bei ihm in der Malstube einfand, und dies auch, so wie Spielmann es sich gewünscht hatte, in dem gleichen Aufzug, in dem er auch ins Holz ging, also in grober Jacke und kariertem Hemd aus dickem Stoff. Spielmann war sehr angetan, als er den Waldarbeiter Krull auf den Stuhl setzte und das weiche, von der Seite einfallende Tageslicht dessen dunkle Augen und das schwer zu zähmende rotbraune Haar zum Glänzen brachte, die Falten und Schrammen seines Gesichtes überhöhte, und nur sein undurchdringlich schwarzer Bart seine Farbe behalten wollte und der Nachstellung durch das Licht nicht nachgab. Dass dem Waldarbeiter Krull seine augenblickliche Lage als wohlausgeleuchteter, im Mittelpunkt stehender – besser: sitzender – zu Malender noch einiges an Gewöhnung abforderte, merkte Spielmann ihm deutlich an, aber er freute sich darüber, denn genau jenen misstrauischen Ausdruck, den er jetzt in Krulls Gesicht wahrnahm, hatte er sich von seinem neuen Modell erhofft, und es blieb ihm dabei nicht verborgen, wie Krull jedem Handgriff des Malers mit Argwohn folgte, so wie jemand beim Zahnarzt diesen angstvoll bei der Vorbereitung seiner Werkzeuge beobachtet. Spielmann ließ sich davon nicht ablenken, er war derlei gewohnt, und er wusste zu gut, dass die meisten Menschen, die sich von ihm malen ließen, schon von jenem Augenblick an, als sie auf dem Stuhl vor der Leinwand platznahmen, in ihrem Versuch, natürlich zu sein, zur Verkrampfung neigten, und es lag an ihm, ihnen diese Anspannung zu nehmen, so lange bis ihnen gewahr wurde, dass sie außer dazusitzen nichts tun mussten. Darauf beschränkte sich auch Krull, und zwar nicht erst im Verlauf der Zeit, sondern er schien von dem Augenblick an, als Spielmann den Pinsel zum ersten Mal in Öl tunkte, völlig eingefroren, so dass der Maler weder in seinem Gesicht, dessen Blick leicht nach rechts zum Fenster gerichtet war, Anzeichen von Bewegung oder gar Leben feststellen konnte, noch in seinen Armen oder seinen Händen, die er zu Anfang auf dem Schoß abgelegt hatte, und die zu Wachs verhärtet schienen. Die einzigen Anzeichen von Lebendigkeit spielten sich in den dunklen Augen des Waldarbeiters ab, und Spielmann wusste, dass es jetzt darauf ankam, deren vollen, runden Glanz so wirklichkeitsnah wie möglich wiederzugeben, wollte er ein überzeugendes Bildnis schaffen. Dunkle Farben bestimmten den Ton: Schwarz, warmes Braun, kühles Blau, tiefes, samtiges Rot, und Spielmann konnte die Anmerkungen seines Freundes Rolf Hagen schon hören, der wieder vom Wechselspiel der harten und weichen Striche, vom Reigen des Hell und Dunkel schwärmen würde, gleichwohl dieser wusste, dass Spielmann das Reden über Kunst verabscheute, war ihm doch das Machen lieber. Spielmann fand auch stets, da es ihm selbst bei der Betrachtung eines Bildes immer nur um das einfache Gefallen oder Nichtgefallen ging, dass dies Reden über Kunst nur von Menschen kam, welche die Kunst selbst nicht ausübten, sondern sie nur ab- und einschätzten, und Dinge in ihr sahen und Bedeutungen in ihr ahnten, die gar nicht vorhanden waren, oder, was er für noch verabscheuungswürdiger hielt, sie an- und verkauften, um damit Gewinne auf dem sogenannten Kunstmarkt zu erzielen.

Spielmann setzte mit weißer Farbe kleine Licht- und Glanzpunkte im vor ihm entstehenden Antlitz des Waldarbeiters Krull, hatte dies mit gekonnter Farbmischung in feinen Strichen vor dem dunklen Hintergrund, den er vorher mit einem breiten Pinsel aufgetragen hatte, mitsamt all den Kanten und Ecken und Muskeln und Schwüngen geschickt herausgearbeitet, und zwar schon so weit, dass die Ähnlichkeit des Bildnisses mit seinem Vorbild schon deutlich sichtbar geworden war. Immer noch verharrte der Waldarbeiter bewegungslos auf dem ihm zugedachten Platz und in der von ihm selbst gewählten Sitzhaltung, und hätte Spielmann nicht ab und an ein flüchtiges Blinzeln bemerkt, so hätte er kaum glauben mögen, dass vor ihm ein lebendiger Mensch saß. Spielmanns Aufmerksamkeit war darüber hinaus nahezu ausschließlich auf seine eigene Hand und den Lauf des Pinsels gerichtet, und das Wenige, was ihm an diesem Nachmittag bei einer kurzen Pause, als er seinen Rücken streckte, um der Verspannung entgegenzuwirken, durch den Kopf ging, war der Gedanke, dass er über diesen Menschen, den massigen Waldarbeiter Krull, der hier in so wortloser und unerschütterlicher Beherrschung seiner selbst vor ihm saß, kaum etwas wusste, nicht mal dessen Vornamen, sondern nur, dass er eben der Waldarbeiter Krull war, der allein in seinem Haus lebte und als Zuverdienst die Tätigkeit des Haareschneidens für die Männer und Kinder des Dorfes ausübte (die Frauen zogen es vor, den

Friseur im Nachbarort aufzusuchen). Sein Alter war zu schätzen, er dürfte die Vierzig überschritten haben, obwohl in seinem Haar kein Silberfaden flimmerte, was ihn vom äußeren Eindruck verjüngte, jedoch hatten die langen Sommer und Winter bei der Arbeit im Holz sein Gesicht zerfurcht wie manch ein Bauer seinen Acker mit dem Pflug. Kein Wort sprach er, der in sich ruhende Waldarbeiter, er ließ den so langwierigen wie eintönigen Vorgang des Gemaltwerdens schweigend an sich abprallen, und umso erstaunter war Spielmann, als in den Mann doch noch Leben kam und er leicht den Kopf zum Fenster neigte, allerdings ohne hinauszusehen, er schien eher zu horchen, oder, wie Spielmann es empfand, zu spüren, und der Maler unterbrach seine Bewegung und hielt den Pinsel, der fast die Leinwand schon berührt hatte, still, und fasste den Waldarbeiter ins Auge, denn er las diesen richtig und wusste, dass Krull auf das, was er zu empfinden schien, bald eine Äußerung würde folgen lassen, und es dauerte nur noch wenige Augenblicke, dann sagte der Waldarbeiter etwas leise in sich hinein, was Spielmann nicht verstand, und er bat ihn, es zu wiederholen.

„Gewitter", sagte der Waldarbeiter.

Spielmann beugte sich vor zum Fenster und sah nur Sonne, gleichzeitig wusste er jedoch, dass jemand wie Krull, der sein ganzes Arbeitsleben unter freiem Himmel verbrachte, eine sichere Ahnung und ein festes Gefühl für Wetterumschwünge entwickelt haben musste, so unterließ er es, dessen Feststellung in Frage zu stellen. Dennoch gab es zunächst keinen Grund, die Arbeit zu unterbrechen, so stellte Spielmann keine weiteren Fragen und fuhr mit dem Pinsel fort, während der Waldarbeiter seine neue, lauernde Stellung beibehielt und ihn ihr genauso erstarrte wie zuvor. Entgegen seiner Gewohnheit freute sich Spielmann über die leicht veränderte Körperhaltung des Mannes, warf das Licht doch neuen Glanz und neue Schatten über sein Haar, sein Gesicht, seine Kleidung, und der Maler mischte eifrig neue, hellere Farben, um diese frischen Eindrücke auf der Leinwand festzuhalten. Eine halbe Stunde verging so, in welcher Krull sich wiederum jeder Äußerung entzog und keine Bewegung zeigte, bis er unvermittelt „Jetzt!" sagte. Spielmann hielt inne, fragte „Wie?", bekam seine

Antwort aber nicht von Krull, sondern von verhaltenem Gewitterdonner, der von fern über den Wald hinweg grollte. Beide Männer reckten daraufhin in einer fast wie abgestimmt wirkenden Bewegung ihre Hälse zum Fenster, schweigend und abwartend, und der nächste Donnerton verrollte kaum hörbar, aber schon bedrohlich wirkend, über den Feldern, während gleichzeitig die Sonne ausgeblasen wurde und auf den Waldrand sich schweres Wolkendunkel senkte. In der Malstube wurde es duster, zu duster zum Malen, und Spielmann legte Palette und Pinsel zu Seite. Ein zorniger Wind zerrte mit ungeduldigem Griff an den Vorhängen, und nur Augenblicke später schlugen die ersten Regentropfen ans Fensterglas, begleitet von krachenden Donnerschlägen und den verästelten Lichtfingern der Blitze in der Ferne. Spielmann hatte bald genug gesehen, rückte die Staffelei mit Krulls Bildnis beiseite, und sagte zu dem Waldarbeiter, dass es wohl genug für heute sei. Krull antwortete nicht, konnte seinen Blick auch nicht von den aufrührenden Wetterereignissen abwenden, und Spielmann bemerkte dies wohl, hatte auch keine Absicht, den Waldarbeiter dabei zu stören, und wollte sich auf in die Küche machen, um etwas Tee zuzubereiten.

„Man muss warten, bis es vorbei ist", sagte Krull.

Spielmann zögerte kurz, sagte nur „Ja, ja", und war dabei, sich aus der Malstube zu entfernen, als Krull bedächtig fortfuhr:

„Und wenn es vorbei ist, ist es eine neue Welt."

„Eine neue Welt?" wiederholte Spielmann, unschlüssig im Türrahmen stehend.

„Wenn die Sonne zurückkommt, ist es wie eine neue Welt", sagte Krull nickend. „Und nichts wird mehr sein wie vorher."

Er rückte auf dem Stuhl näher ans Fenster und sah hinaus, durch den Regen hindurch, hinauf in die Wolken.

*

Als Spielmann sich seinerzeit vom Arbeitsleben zur Ruhe gesetzt hatte und als Maler ins Dorf gekommen war, hatte er sich voller Vorfreude auf ein bestimmtes Gefühl gefunden, das ihm bislang fremd und nicht vergönnt gewesen war, und von dem er meinte, dass es nur den Freischaffenden, den Künstlern, den Malern und Tonsetzern und Dichtern vorbehalten sei, und es war jenes Gefühl, dass man alle Wochentage als gleichwertig empfinden würde, oder genauer gesagt: dass es keine unleidigen Wochenanfänge mehr gäbe. Aber so war es nicht: An diesem Wochenanfang wachte Spielmann missmutig auf und spürte ein schlechtes Wochenanfangsgefühl in sich, so als müsse er gleich zur Arbeit oder irgendwelchen anderen Wochenanfangsverpflichtungen nachgehen, dabei wartete lediglich etwas Schreibarbeit mit ein paar Vordrucken auf ihn, die für die Stromgesellschaft auszufüllen waren und die Marianne ihm gegeben hatte, und Spielmann ertappte sich bei dem Gedanken, sich das Wochenende herbeizusehnen, und er fragte sich, wie viel Zeit noch vergehen mochte, bis er sein ruhiges, selbständiges Leben in Dankbarkeit als ein einziges langes Wochenende empfinden würde. Immer noch etwas lustlos schlurfte er in die Küche, bereitete Tee, nahm sich einen Kanten Brot und setzte sich kauend und schlürfend ans Küchenfenster, um mit noch etwas verhangenem Blick den neuen Tag draußen abzuschätzen. Felder und Waldrand lagen still, der Himmel glänzte blau. Spielmann fielen dabei die Landschaften ein, die er für Rolf Hagens Kunden gemalt hatte, und er fand, dass die wirkliche Landschaft, so wie sie jetzt in aller Klarheit vor ihm lag, schöner und beeindruckender war als alles Ausgeschmückte, Üppige und Sonnige, das Hagen bestellt hatte, und dass er mit diesen Gemälden eine Art gefälschter und geschönter Wirklichkeit geschaffen hatte, die von Hagen jedoch verteidigt wurde, denn er hatte gesagt, dass sich seine Kunden ‚fröhliche Farben' in ihre Wohnungen hängen wollten, und Spielmann urteilte, dass dies offenbar Menschen waren, die zu schnell durchs Leben eilten, die die Schönheit in ihrer Umgebung gar nicht mehr wahrzunehmen in der Lage waren und sich dann mit zu viel Geld überhöhte Abbildungen derselben bestellten und kauften, um sich dann an ihren vermeintlichen ‚fröhlichen Farben' zu erfreuen. Spielmann schüttelte den Kopf voller Unverständnis, bemerkte dann aber die schlechte Laune an sich selbst und beschloss, seine Aufmerksamkeit auf etwas zu richten, das ihm bessere Stimmung bescherte. Er dachte an Marianne. Sie hatten unlängst über ihre geplante Zweisamkeit, ihr Zusammenleben gesprochen. Marianne würde arbeiten, Spielmann sich um den Haushalt und Charlotte kümmern. Ihm gefiel der Gedanke, sich dabei aber noch gelegentlich über die für ihn so untypische Vorfreude auf eine Häuslichkeit zu dritt wundernd, aber diese doch fast ungeduldig erwartend. Es hilft, bemerkte Spielmann zu sich selbst in aufgehellter Laune, stellte rasch Tasse und Teller beiseite, ging hinaus über die Felder, den Fotoapparat in der Hand, strebte auf den vom milden Sonnenlicht durchleuchteten Waldrand zu und hoffte, vielleicht bei dieser Gelegenheit endlich den Turmfalken im Bild festhalten zu können, welcher in einiger Entfernung rüttelnd in der Luft stand und offenbar ein Beutetier ausgemacht hatte. Der Greifvogel entschwand jedoch nach einem kurzen Stoß in die Tiefe seitwärts über das Feld, und wie so oft, eh Spielmann den Apparat hochreißen und auf den Auslöser drücken konnte, hatte sich das Tier längst hinter einer Baumgruppe verloren und war nicht mehr auszumachen. Spielmann behielt die um den Hals gehängte Kamera mit fast trotzigem Gebaren in der Hand, fest entschlossen, sich heute keine weiteren Ereignisse in der Tierwelt entgehen zu lassen, musste sich jedoch letztlich mit einer Hirschkuh zufriedengeben, die scheu witternd aus dem Wald trat, innehielt und um sich sah, und die kaum, als der Fotograf sie abgelichtet hatte, dessen Anwesenheit gewahr wurde und einen erschreckten Satz zurück ins Dickicht tat. Spielmann gab sich zufrieden damit, er wollte nicht mehr von der Natur fordern, als sie ihm willens war zu geben, hockte sich auf einen Findling am Wegesrand und genoss das wohlige Gefühl, das ihm die Wärme der Sonne auf der Haut und der Blick über Landschaft und Himmel verliehen. In diesem Zusammenhang fiel ihm der jagende Vetter des Bauern Modersohn ein, der neulich im Gasthaus verkündet hatte, sich jetzt ein Farbfernsehgerät zugelegt zu haben, um in seinem neuen Haus in der Plansiedlung endlich Anschluss an die, wie er es nannte, ‚neue Zeit' zu finden. Spielmann hielt das für eine Albernheit, da er sich nicht vorstellen konnte, was man in einem Fernsehgerät finden konnte, was es hier draußen unter freiem Himmel nicht gab, aber er spürte, dass Entwicklungen im Gange waren, die sich nicht aufhalten ließen, und dass mit diesen

Entwicklungen Neuerungen kämen, die sich durchsetzen würden, nicht weil sie sinnvoll, aber möglich waren, und Spielmann war klar, dass er im Lauf ebendieser Entwicklungen allmählich zu jenen gehören würde, die zurückblieben. Durch Neuerungen entsteht zunächst kein Glück, dachte Spielmann, nur Unrast. Die Pflanze Glück schlummert im Menschen selbst, so dachte er weiter, sie muss nur gefunden und gepflegt werden, um aufzublühen, und ich bin mir dabei stets ein guter Gärtner gewesen.

Spielmann ließ den Blick schweifen, suchte wie eine Katze mit auf Bewegungen geeichtem Blick nach etwas Lebendigem, das er mit seinem Fotoapparat hätte verewigen können. Dabei fiel ihm ein, dass er sich unlängst bei Marianne erkundigt hatte, ob die Stromgesellschaft irgendwelche Maßnahmen geplant hatte, um die Tierwelt im Umkreis zu erhalten, die Stromgesellschaft konnte dazu jedoch keine Auskunft geben, so war Spielmann zu den zuständigen Behörden gegangen und hatte erfahren müssen, dass hierfür überhaupt keine Maßnahmen geplant waren, und dass auch keine Umsiedlung gefährdeter Tierarten angedacht war, da dies zu großen Aufwand verursache und nahezu undurchführbar sei. Man setze, so ein Mitarbeiter der Behörde, auf die ‚natürlichen Wanderbewegungen' der Tiere, sobald diese sich bedroht fühlten, was für Spielmann nichts anderes hieß, als dass man bereit war, nicht nur das Land, sondern auch dessen ursprüngliche Bewohner ohne Rücksicht niederzuwalzen, und auf seine Rückfrage, wie hoch die Wahrscheinlichkeit denn sei, dass sich Hirsche, Dachse und Füchse nach ihren natürlichen Wanderbewegungen in der neuen Plansiedlung zwischen Fahrpisten und Maschendrahtzäunen ansiedeln würden, hatte ihn der Beamte nur ratlos angesehen.

Spielmann ging nach Hause, nahm die Zeitung aus dem Briefkasten, legte diese auf den Küchentisch, gab dem Verlangen nach einer frischen Tasse Tee nach und setzte sich ans Küchenfenster, die Teetasse dampfend vor sich, hinausblickend, dabei in der Landschaft Mariannes Züge ausmachend. Fast verfiel er in Tagträumerei, den Blick starr nach draußen gerichtet, durch Himmel, Erde und Wald hindurchsehend, unbeweglich und angespannt, fand aber dann den Weg zurück ins Jetzt und schlug die Zeitung auf.

Es gab keine guten Nachrichten. Spielmann fiel die Überschrift ‚Bauträger zahlungsunfähig' auf, und er erspähte im zugehörigen Bericht unmittelbar den Namen jenes Unternehmens, dem er die Errichtung seines neuen Hauses sowie einen hohen Geldbetrag anvertraut hatte. Es hieß dort, dass erst jetzt bekannt geworden sei, dass das Unternehmen schon seit längerem überschuldet gewesen sei und die Geschäftsleitung im Angesicht dieser misslichen Lage zu spät gehandelt habe, ob vorsätzlich oder nicht, stünde derzeit noch nicht fest. Es seien zunächst alle Bauvorhaben angehalten worden, und es gälte nicht nur, zahlreiche kleinere Unternehmen und Handwerker, die mit der Baugesellschaft zusammenarbeiteten und auf ihr Geld warteten, zu befriedigen, sondern es hätte bereits auch eine Vielzahl an Bauherren die Rückerstattung angezahlter Gelder angemeldet, aber derzeit stünde nicht fest, ob, wann und vor allem in welcher Höhe diese Beträge wieder zurückerstattet werden könnten. Spielmann zögerte nicht, eilte zum Telefon der Witwe Kreisler und erfuhr von dem Bauunternehmen, dass man dort alle Bauherren anschreiben und über die derzeitige Lage sowie Möglichkeiten der Weiterführung der Bauvorhaben in Kenntnis setzen würde, und man bat ihn um Geduld und Verständnis. Danach rief er Rolf Hagen an, mit der Bitte, dass dessen Anwalt sich mit ihm bezüglich einer Klage gegen das Bauunternehmen in Verbindung setzen solle. Abends holte er Marianne zu sich, um ihr von der so unverhofft eingetretenen misslichen Lage zu berichten.

*

Rolf Hagen unterließ nichts, um seinem Freund in dieser schwierigen Zeit beizustehen, und so dauerte es nur zwei Tage, bis Spielmann einen Brief erhielt, in dem Hagen ihn bat, alle betreffenden Unterlagen einzusammeln und sich in der Stadt einzufinden, wo Hagen ihn abholen und man gemeinsam zu seinem Anwalt fahren würde, dieser sei bereits vorgewarnt. Hagen freute sich darüber hinaus über die Möglichkeit, den geheimnisvollen Kunstmaler Spielmann den versammelten Kunden und Käufern in seiner Kunstgalerie vorzustellen und somit das Geschäft mit den Bildern anzukurbeln, wusste jedoch, dass es keine leichte Aufgabe sein würde, Spielmann davon zu überzeugen. Als der Maler in der Stadt eingetroffen war, sammelte Hagen ihn ein und wies ihm in seinem Haus am Stadtrand das beste Zimmer zu, und als man abends im weitläufigen Wohnraum in bequemen Sesseln saß, gab Hagen seinen Plan auch unumwunden preis und bat Spielmann um einen kurzen Auftritt in der Galerie, den er unter seinen Stammkunden, ohne sich vorher mit dem Maler überhaupt abgestimmt zu haben, bereits angekündigt hatte. Spielmann gab sich seinem Schicksal ohne große Widerrede hin, er fühlte, dass er dem Freund ein Entgegenkommen schuldig war und wollte sich auch nicht sperriger geben als er eigentlich war, so sagte er zu, wünschte sich jedoch natürlich, dass dieser für ihn so ungewohnte Umstand leicht und schnell vergehen möge.

Am nächsten Tag setzte Hagen Spielmann in seinen Wagen und fuhr ihn in die Stadtmitte zur Kanzlei seines Rechtsanwaltes, die in einem der weitläufigen mittleren Stockwerke eines glasfunkelnden Hochhauses gelegen war, und wo man vor schwerglänzenden Eichenmöbeln in knautschigen Ledersesseln platznahm. Hagen lächelte Spielmann vielsagend zu, denn dieser hatte längst entdeckt, dass gegenüber an der Wand ein echter Spielmann hing – eine Landschaft in fröhlichen Farben für den zahlungskräftigen Kunstfreund von heute, wobei Hagens Lächeln eher ein zufriedenes, ja fast schadenfrohes Grinsen war, das Spielmann zu sagen schien: „Kannst du dich noch an den Scheck erinnern, den ich dir dafür übersandt habe?", aber Spielmann war dies heute gleichgültig, er war bereit, sich gegenüber Hagen in Langmut zu üben und deutete ein sanftes Nicken an.

Hagens Rechtsanwalt trat ein, schüttelte alles an Händen, setzte sich hinter seinen Schreibtisch und kam, nachdem er Spielmanns Unterlagen in Empfang genommen hatte, ohne Vorrede zur Sache. Er riet dem Maler zu einer vorsorglichen Klage gegen das Bauunternehmen, dies sei die sicherste und vernünftigste Möglichkeit und berge auch kein Wagnis, denn sollte Spielmann wider derzeitigem Erwarten doch noch sein Geld zurückbekommen, könne man die Klage immer noch zurückziehen. Spielmann lauschte noch eine halbe Stunde lang den Aufklärungen und Belehrungen des Anwaltes, und er würde, so der Anwalt, in den nächsten Tagen einiges an Papieren dazu in seinem Briefkasten vorfinden, die es sorgfältig zu lesen und zu unterschreiben gälte. Spielmann war es zufrieden und stimmte allem zu, und gegen Ende des Gespräches – die Körperhaltung der Männer entspannte sich und man lehnte sich in den Sesseln zurück – konnte Hagen nicht umhin, noch einmal auf Spielmann nicht als Kläger, sondern als Maler einzugehen, ‚seinen' Maler, wie er sich ausdrückte, den er sozusagen entdeckt und gefördert habe, und der Anwalt erhob sich, trat voller Besitzerstolz an das Gemälde heran und beschrieb, was ihm dort gefiel, sah, so wie Spielmann es schon des Öfteren in Gegenwart vermeintlicher Kunstkenner erlebt hatte, auch Dinge, die nicht auf dem Bild, aber offensichtlich in seinem Kopf sichtbar waren, erging sich dann, obwohl Spielmann auf dieser Leinwand kaum mehr als eine Blumenwiese vor einem leicht bewölkten Himmel verewigt hatte, in Deutungen und Überhöhungen des Dargestellten, und Spielmann konnte schließlich nicht anders als zu glauben, dass sich der Anwalt den Kauf des Bildes schönreden musste, denn, in der Tat, der Maler konnte sich tatsächlich noch an den Betrag erinnern, den er von Hagen dafür erhalten hatte, und dass er sich bei dessen Empfang mit Verwunderung gefragt hatte, wo eigentlich die Grenze zwischen Geschäftssinn und Raub zu ziehen sei.

Einen Tag später, in Hagens Galerie, war Spielmann erneut gezwungen, sich als Hagens Entdeckung vorführen zu lassen, und wieder tat er dabei nach außen gleichmütig, wenn auch mit gehöriger Überwindung. Der Menschenschlag, der sich ihm bot, war in etwa so, wie er ihn erwartet hatte, und so verwunderte es ihn nicht weiter, als er sich schließlich von weltgewandten Damen und Herren in teurem Textil, Champagnergläser in den Händen, umringt fand, und ein unablässig raunendes Durcheinander-sprechen anhob, welches der Maler als unangenehm empfand. Hagen nahm darauf keine Rücksicht, zog seinen Freund am Arm von Besucher zu Besucher, stellte ihn wortreich vor, wobei Spielmanns Hand öfter gerüttelt und gequetscht wurde als ihm lieb war, und er hörte dabei viele beifällige Worte, bedankte sich jedes Mal, und wurde anschließend zum nächsten Besucher geschubst. Irgendwann schien Spielmann jedoch, als hätte man ihn vergessen, denn Hagen hatte eine kleine Menschenmenge um sich versammelt und beschrieb gebärdenreich eines seiner ausgestellten Gemälde, und die kunstfreudigen Anhänger fröhlicher Farben lauschten ihm in andächtiger Ruhe und beachteten den Maler dabei gar nicht, aber dem war es recht, er wandte sich schließlich ab und setzte sich auf einen Hocker in der Ecke, dabei die Bilder der anderen Maler betrachtend, die Hagen ausgestellt hatte. Lang währte dies bescheidene Glück jedoch nicht, denn eine Dame im rosenroten Abendkleid, einen kleinwüchsigen Mann hinter sich her ziehend, löste sich aus der Menge, steuerte auf Spielmann zu, stellte sich selbst und dann ihren Mann, den sie ‚mein Hugo' nannte, vor, und sie lobpries den stillen Maler und dessen Kunst in einer Vielzahl für diesen leer klingender Eigenschaftswörter, aber er sagte sich, sie meine es gut, und bedankte sich höflich für ihre Wertschätzung, nickte auch dem Ehemann mit verkrampfendem Gesichtsausdruck zu, aber jener schwieg und ließ nur graue Wolken aus seiner Zigarre aufsteigen. Offenbar hatte die kunstbegeisterte Dame jedoch erwartet, dass Spielmann gesprächiger sei, sie blickte ihn abwartend, mit geneigtem Haupt und festgefrorenen Lächeln an, und Spielmann wusste sich nicht anders zu helfen, als säuerlich zurückzulächeln und die Arme zu verschränken, denn es mangelte ihm an Übung im belanglosen mündlichen Austausch netter Nichtigkeiten, so stand man im Dreieck in unangenehmem Schweigen, bis die Stimme Rolf Hagens zu vernehmen war, der den Maler aus seiner Ecke holte, um ihn selbst ein paar Worte zu seiner Kunst sprechen zu lassen. Alles blickte auf Spielmann, er fühlte Dutzende alkoholfeuchter Augen aus überhitzten Gesichtern auf sich gerichtet, jedoch war der Maler seinem Wesen nach zwar zurückhaltend, aber nicht feig, so stellte er sich der Herausforderung, und auf die Frage aus der Menge, woher denn die Eingabe zu diesem Landschaftsbild gekommen sei, erfand er eine breit ausgeschmückte Lügengeschichte, wie er eines Tages beim Wandern spontan einen Bleistiftentwurf dieses Landstriches in seinem Skizzenblock, den er immer mit sich führe, gemacht habe, wie ihn die Farbpracht der Blüten, die Majestät des nahen Waldes und das an diesem Tag geradezu außergewöhnliche Licht förmlich gedrängt hätten, dies Erlebte in gemalter Form der Nachwelt zu erhalten, ganz in jener Art und Weise, wie sich insbesondere seine Vorbilder der südamerikanischen Schule – dazu erfand er einige entsprechend klingende Namen – des frühen neunzehnten Jahrhunderts in ihren Gemälden ausgedrückt hätten. Und die Umstehenden nickten wissend.

*

Marianne, Charlotte und Spielmann bezogen Zimmer in einem nur wenige Schritte vom Meer entfernten Gästehaus, welches vom unablässigen, aber warmen Wind, der schwer von der See hereindrückte, stets scharf umblasen war, und von dessen Fenstern aus man den Strand bereits in seinen ganzen einladenden und üppigen Ausmaßen überblicken konnte. Es war kaum möglich, die kleine Charlotte vom schwer zu beherrschenden Drang, sofort ins Wasser zu wollen, abzubringen, und Spielmann erklärte sich gerne bereit, mit ihr loszuziehen, während Marianne, als Fahrerin von der langen Anreise ermüdet, zunächst Erholung und Erfrischung in einer Stunde Schlaf zu suchen wünschte. Spielmann richtete sich am Strand einen Beobachtungsposten ein, von wo er Charlotte, die bestgelaunt und ufernah im Meer plantschte, stets gut im Blick hatte. Bald schloss sich das Mädchen einer Gruppe von Kindern an, welche am Wasser spielte, und Spielmann war es ein großes Vergnügen, die bunte, vielköpfige Schar zu beobachten und sich an der ausgelassenen kindlichen Freude ausgiebig mitzufreuen. Schließlich kam Marianne nach, setzte sich neben ihn und winkte ihrer Tochter, ging jedoch selbst nicht ins Wasser, da sie, so hatte sie Spielmann längst anvertraut, zwar die Nähe der See liebte, selbst aber nur eine unsichere Schwimmerin war. So saßen beide dicht nebeneinander, den Blick hinaus auf das Wasser und Charlotte gerichtet, genossen Luft und Licht und nicht zuletzt die Nähe des jeweils anderen.

Abends fuhr man ein Stück in den Badeort hinein, um dort ein Gasthaus aufzusuchen, und beim Essen zeigte sich deutlich die Müdigkeit in Charlottes Augen, die den ganzen Nachmittag über am Strand ständig in Bewegung gewesen war, und es war nach der Heimkehr Spielmanns Aufgabe, sie zu Bett zu bringen. Marianne schlug danach vor, noch einen Spaziergang zu unternehmen, so überzeugten sie sich zuerst, dass Charlotte ruhig schlief, machten sich dann noch einmal auf zum Strand, der im letzten Licht der scheidenden Sonne glänzte, dabei mit Wohlgefühl die Wärme ihrer ineinander verschlungenen Hände spürend, und wie immer, wenn nicht gesprochen wurde, war das Schweigen zwischen ihnen nicht unangenehm, sondern barg in seiner gelösten Selbstverständlichkeit ein stummes Verstehen. Es fand sich eine kleine Anhöhe, dort ließen sich die beiden nieder und beobachteten, wie die Sonne im Meer verlosch, am Himmel nur noch einige feurig glühende Schlieren verblieben, und darunter die See schwarzblau schimmerte.

Ganz ähnlich wie der Tag ihrer Ankunft verlief zunächst auch der kommende Tag, mit Charlotte im Wasser und den beiden Erwachsenen im Sand, lediglich Spielmann schloss sich dem Mädchen mehrmals an und gesellte sich zu ihr in die Wellen, während Marianne nur ein, zwei schüchterne Versuche machte, sich mit dem Wasser anzufreunden, dabei jedoch kaum mehr als bis zu den Knien mit ihm in Berührung kam. Charlotte fand wieder Anschluss an jene Gruppe von Kindern, mit der sie schon am Vortag so ausgelassen gespielt hatte, und als sie sich später mit ihrer Mutter und Spielmann zum Mittagessen im Gasthof einfand, kam eine Frau an den Tisch, stellte sich als Mutter zweier Kinder aus der Gruppe vor und sagte, dass im Ort ein Zirkus gastiere und sie die Absicht habe, mit ihren sowie zwei Kindern einer Bekannten die Nachmittagsvorstellung zu besuchen, und ob Charlotte nicht mitkommen könne. Charlottes kindliche Begeisterung dafür war schwer zu zügeln, und sie ergriff den Arm ihrer Mutter, ihn rüttelnd und schüttelnd und dabei bittend und bettelnd, so dass es Marianne, die ohnehin nichts dagegen hatte und vom leidenschaftlichen Verhalten ihrer Tochter erheitert war, ganz leicht fiel, ihr den Wunsch zu gewähren. Am Nachmittag wurde Charlotte von den Kindern und der sie begleitenden Mutter abgeholt, während Spielmann und Marianne sich wieder zum Strand begaben, dabei die Uhr im Blick behaltend, um rechtzeitig zu Charlottes Rückkehr wieder im Gästehaus zu sein. Unterhalb der Anhöhe, auf welcher die beiden am vorigen Abend der sinkenden Sonne zugesehen hatten, fand sich ein windgeschützter Platz, der in der schräg einfallenden Nachmittagssonne auch etwas Schatten bot, und man breitete im Sand bunte Badetücher aus und ließ sich darauf nieder, mit Blick hoch auf das zarte Blau des Himmels, hinaus auf die stetig wühlende Brandung, und hinweg über den stillen Strand, still deshalb, weil im Augenblick sich nur wenig Badegäste dort zeigten. Spielmann zog es hinaus ins Wasser, während Marianne es zunächst bevorzugte, ihm vom Badetuch aus zuzusehen und zu winken, bis sie sich dazu entschloss, sich ihm anzuschließen, hielt sich aber auch im Wasser dicht beim Ufer, weil ihr die Wellen hier an diesem Abschnitt des Strandes ungewohnt hoch und kraftvoll erschienen, so dass sie es schließlich angebrachter fand, lieber weiter die Sonne in der Sicherheit des festen Untergrundes auf dem Badetuch zu genießen. Spielmann kam zurück, nachdem er sich im Wasser ausgiebig erfrischt hatte, legte sich zu ihr, schloss die Augen und schlief letztendlich ein, sanft hinübergeführt von einem tiefen Gefühl der Ruhe und Entspanntheit und der befriedigenden Gewissheit von Mariannes Gegenwart.

Als er erwachte, fand er sich allein, und die Uhr sagte ihm, dass es höchste Zeit war, Charlotte im Gästehaus wieder in Empfang zu nehmen, und er vermutete, dass Marianne schon vorausgegangen war und ihn nicht wecken wollte, allein ihre kleine Badetasche hatte sie nicht mitgenommen. Spielmann spähte kurz über den Strand, konnte Marianne aber nirgends ausfindig machen, packte seine und ihre Sachen zusammen und eilte zum Gästehaus, wo ihm mitgeteilt wurde, dass Charlotte noch nicht gebracht worden sei. Er ließ sich den Schlüssel von jenem Zimmer aushändigen, in dem Marianne und Charlotte untergebracht waren, und hastete nach oben, fand dort aber Marianne auch nicht vor, wechselte hinüber in sein eigenes Zimmer, zog sich, dabei die Entfaltung einer unangenehmen Beunruhigung in sich spürend, um, ging anschließend wieder hinunter, wo ihm auch die Inhaberin des Gästehauses keine Auskunft über den Verbleib Mariannes geben konnte, und trat dann, den Blick zum Strand gewendet, vor das Haus, die Augen zusammenkneifend, ob er Marianne irgendwo ausmachen konnte, aber auch diese Anstrengung blieb fruchtlos. Ihr Wagen stand auf dem Parkplatz, und die Wagenschlüssel hatten sich im Zimmer in ihrer Handtasche befunden, so blieb für Spielmann im Augenblick nur ein Zustand unruhiger Ratlosigkeit. Schließlich wurde Charlotte gebracht, wie immer in fröhlicher Stimmung und aufgeladen von dem unbändigen Drang, ihre Erlebnisse vom Zirkus zu berichten, und Spielmann hörte ihr geduldig, wenn auch abgelenkt durch den ungewissen Verbleib Mariannes, zu, und freute sich an der guten Laune des Mädchens und an all den Geschichten, die sie vom Zirkus zu erzählen wusste. Charlotte vermeldete dann, dass sie hungrig sei, und da es mittlerweile auch durchaus Zeit für das Abendessen war, beschloss Spielmann, ohne Marianne mit Charlotte zum Gasthof zu fahren, und dann fragte das Kind zum ersten Mal nach seiner Mutter. Spielmann antwortete wahrheitsgemäß, dass er gerade nicht sagen könne, wo die Mutter sei, aber dass sie sich wahrscheinlich in Kürze wieder einfinden werde, und Charlotte wars zufrieden und stellte keine weiteren Fragen. Spielmann holte die Schlüssel von Mariannes Wagen, sagte der Inhaberin Bescheid, dass man den Gasthof aufsuchen würde, und als er mit Charlotte vor das Gästehaus trat, sah er noch einmal in allen Himmelsrichtungen um sich, dabei wünschend und hoffend, Marianne würde irgendwo in unmittelbarer Nähe sichtbar, und als er den Wagen aufschloss und Charlotte einstieg, hielt er inne, blickte über das Wagendach hinweg, hinaus auf Strand und Meer, aber seine Wünsche und Hoffnungen erfüllten sich nicht. So setzte er sich ans Steuer und fuhr in den Ort hinein, dabei erleichtert feststellend, dass es zwar Jahre her war, seit er das letzte Mal einen Wagen gesteuert, aber es nicht verlernt hatte, und er fuhr absichtlich langsam und ließ seine Blicke links und rechts umherstreifen, sich dabei ausmalend, dass Marianne an der nächsten Straßenkreuzung stehen würde, aber sie stand dort nicht und ging auch sonst nirgendwo. Beim Essen im Gasthof fand Spielmann nur wenig innere Ruhe und konnte es kaum erwarten, in das Gästehaus zurückzukehren, aber Marianne hatte sich dort nicht eingefunden. Um Charlotte nicht mit seiner ansteigenden Unruhe anzustecken, versuchte er, sich nichts anmerken zu lassen und erfand eine Geschichte von einem Spaziergang, als das Mädchen erneut nach ihrer Mutter fragte. Er war froh, als es Schlafenszeit für das Kind war, und ging, als er Charlotte zu Bett gebracht hatte, noch einmal hinunter zum Strand, wusste zunächst nicht, sollte er sich links oder rechts wenden, lief dann einfach los zur Stelle, wo er und Marianne sich heute aufgehalten hatten, im Schatten der kleinen Anhöhe, fand den Platz vor, so wie er ihn verlassen hatte, stieg dann hinauf und blickte in den Sonnenuntergang, der ihm, im Gegensatz zu gestern, nicht wie eine feierliche Untermalung der erlebten glücklichen Zweisamkeit mit Marianne erschien, sondern diesmal empfand er das Verlöschen des Lichtes als eine Untermauerung einer drohenden Endgültigkeit von unbestimmten Ereignissen, über die er keine Macht hatte. Spielmann rannte am Strand entlang, auf und ab, und niemand von den wenigen Menschen, auf die er dort traf, war Marianne, und er wäre gerne noch einmal hinauf auf die Anhöhe, um dort laut ihren Namen über die Wellen hinweg zu rufen, aber er ahnte, dass ihm eine Antwort versagt geblieben wäre. So sahen ihn einige Urlauber, die sich noch am Strand und weiter oben um das Gästehaus herum aufhielten, im Sand hin und her laufen, in allen Richtungen um sich blickend, schließlich stehenbleibend, mit starrem Blick hinaus auf die düster funkelnden Wellen der See, die so unablässig und so viel flüsterten und ihm doch nichts verrieten. Spielmann erinnerte sich dabei an Mariannes kindliche Versteckspiele bei ihrem Ausflug ins Grüne in der Nähe des Dorfes und ihre Freude daran, sich im Wald und im Maisfeld vor ihm zu verbergen und sich an ungeahnten Orten wieder zu zeigen, aber die sich nähernde Gewissheit, dass es jetzt kein Spiel mehr war, die drückte schwer auf ihn. Der Maler verharrte noch eine Weile in seinem unversöhnlichen Blick auf die allmählich mit dem Dunkel des Himmels verschmelzende See, wandte sich dann ab, ging zurück ins Gästehaus, bat um ein Telefonbuch und rief die Polizeiwache im nächsten größeren Ort an.

*

Ein kleines Schiff der Küstenwache kreuzte gleichlaufend zum Küstenabschnitt, drehte mehrmals, begab sich dann weiter aufs Meer hinaus, wo ein Taucher abgesetzt wurde, und verharrte an dieser Stelle auf sein Wiederauftauchen. Spielmann beobachtete dies alles, in der Morgensonne stumm oben an der Dünenkante in der Nähe des Gästehauses stehend, im Beisein von zwei Polizeibeamten, von denen einer mit einem Funkgerät in Verbindung mit dem Schiff stand. Der Maler hatte mittlerweile erfahren, dass am Vortag in der Nähe des Abschnittes, an dem er und Marianne sich aufgehalten hatten, eine Warnung wegen gefährlicher Brandungsströmungen ausgesprochen worden war, und man in der Folge an bestimmten Stellen des Uferbereiches rote Fahnen aufgezogen hatte. Spielmann musste sich die Gefahr der Brandungsströmungen erläutern lassen und erfuhr dabei, dass der Sog dieser Strömungen, der beim Rückfluss der an den Strand geworfenen Wellen entsteht, stark genug sein kann, einen Menschen hinaus ins offene Meer zu ziehen, und diese Erklärung hatte in ihm eine tiefe Bestürzung ausgelöst. Die Vorstellung, dass Marianne während seines Schlafes am Strand sich doch noch einmal ins Wasser gewagt hatte und dabei in die Strömung geraten war, wollte nicht mehr von ihm und setzte sich als feststehendes Bild in seinem Kopf fest. Dass er nun hier verweilte, das Schiff der Küstenwache fest im Blick, weckte nur wenig Hoffnung in ihm, aber er weigerte sich vor sich selbst einzugestehen, dass wenn die Besatzung des Schiffes oder der Taucher Marianne finden würden, jede Hilfe längst zu spät käme. Am frühen Morgen hatte er Charlotte erklären müssen, dass die Mutter noch nicht von ihrem Spaziergang zurückgekehrt sei, hatte danach Mariannes Bruder angerufen, der daraufhin angekündigt hatte, am späten Nachmittag hier sein zu wollen, um Charlotte abzuholen, und hatte das verunsicherte Mädchen dann in die Obhut jener Mutter gegeben, welche gestern die Kinder in den Zirkus begleitet hatte.

Anschließend waren die Polizeibeamten erschienen, hierauf das Schiff der Küstenwache, und seither stand Spielmann reglos an dieser Stelle und sah hinaus aufs Meer. Von den Polizisten hatte er erfahren, dass man einen Suchhubschrauber angefordert hatte, welcher aber wahrscheinlich erst zur Mittagszeit einsatzbereit sein würde, und er hatte diese Auskunft wortlos hingenommen, wie er überhaupt, seit er hier an der Dünenkante stand, stumm geworden war, denn er hatte das Gefühl, dass eine Schlinge um seinen Hals lag und diese sich langsam immer weiter zuzog. Andere in seiner Lage hätten sich vielleicht überreizt und aufbrausend gegeben, vermutlich, weil es leichter ist, Ärger durch Wutausbrüche abzubauen als das Gefühl von unbeherrschbarer Angst ertragen zu müssen, aber nicht so Spielmann, dessen Natur ihm vorgab, im Unglück stets ruhiger zu werden und sich in sich selbst zurückzuziehen.

Der Suchhubschrauber kam nun bald und überflog den Strand, das Wasser und den Ort, während das Boot draußen weiter in Nähe der Küste kreuzte, der Taucher von Zeit zu Zeit auftauchte, an Bord geholt wurde, um alsbald wieder im Wasser zu verschwinden, und mit jeder Welle, die an den Strand schlug, verging eine Sekunde in Spielmanns Leben, und es wurden viele Wellen und viele Sekunden an diesem Tag, bis verkündet wurde, dass die Mannschaft auf dem Schiff und der Taucher die Arbeit einstellen würden, dass auch der Suchhubschrauber abgezogen werde, und auch die Polizeibeamten stiegen in ihren Wagen und fuhren ab. Spielmann begab sich hinunter zum Strand, die Hände in die Jacke gestopft, das Haar vom wütenden Wind zerzaust, den Blick hinaus auf die See gerichtet, und er ging los, Richtung Osten, um das Licht der Sonne mit sich zu haben, stapfte in gleichmäßiger Geschwindigkeit durch den Sand, beobachtet dabei von jenen, die noch oben auf der Düne standen und um sein Schicksal wussten. Er wusste, dass er nicht entdecken konnte, was Hubschrauber und Schiffe auch nicht entdecken konnten, er wusste aber auch, dass er jetzt nicht zurück ins Gästehaus gehen konnte, um sich dort in seinem Zimmer auf einen Stuhl zu setzen. Gerne wäre er jetzt überall gleichzeitig gewesen, wäre gerne Richtung Westen und noch in den Ort hinein gegangen, es gab so viele Plätze, an denen man hätte suchen können, und doch waren sie alle längst abgesucht, auch das wusste Spielmann, aber da war wieder der Gedanke an das Aufgeben und das Hinsetzen auf den Stuhl, und dies schien ihm unerträglich, hätte es ihm doch die Endgültigkeit seiner Lage verdeutlicht und ihm nur die Tür zum Unaussprechlichen aufgestoßen.

Spielmann ging weiter, bis sein Schatten ihm ein gutes Stück Weges voraus war, dann fiel ihm Charlotte ein. Er machte kehrt und eilte keuchend im Laufschritt zurück, nahm dabei endlich die Hände aus den Jackentaschen, um im unebenen Sand das Gleichgewicht nicht zu verlieren, sprang über Steine, über leere Flaschen, über vergessenes Sandspielzeug, hastete die Dünenkante hoch, durchs Dünengras und hinein ins Gästehaus. Charlotte war weg, so erfuhr er dort, ihr Onkel sei mittlerweile dagewesen und habe das verstörte Kind mitgenommen.

Spielmann wusste nichts mit sich anzufangen, er ging auf sein Zimmer, schälte sich aus der Jacke, sank aufs Bett, die hilflosen Hände gefaltet, ertrug den Blick hinaus aufs Meer und die Gedanken nicht, gegen die er sich nicht wehren konnte und wandte sich ab. So blieb er auch sitzen, als es längst dunkel geworden war, er die glänzenden Umrisse seiner Hände und seiner Knie nur noch ahnen konnte, sank schließlich in die Kissen und starrte nach oben in die drückende Finsternis. Der Schlaf holte ihn, schnell und gnädig, für einige Stunden, aber schon, als sich in der Ecke des Fensters die ersten Sonnenstrahlen festhielten, wurde er wach, sprang auf, hetzte hinunter und rannte durch den Ort, links und rechts und um sich blickend, solange, bis er sich sicher war, keine Straße ausgelassen zu haben, denn die Vorstellung, irgendeine Straße nicht nach Marianne abgesucht zu haben, war ihm nicht erträglich. Viel später fand er sich wieder in seinem Zimmer und schloss das Fenster, weil ihn das Geräusch der brandenden Wellen quälte. Er blieb am Fenster stehen, sah hinaus, durchdrang Dünen und Strand mit seinem Blick, nahm die Einzelheiten jedoch nicht mehr wahr, nicht das Blau des Wassers und des Himmels, nicht das Weiß des Sandes und der Wolken, nicht das Rot der aufgezogenen Fahnen. Die Polizei lud ihn vor auf die Wache im Nachbarort, sie meinten es gut mit ihm und versuchten, ihn trotz der erfolglosen Suche nach Marianne aufzurichten. Spielmann bemerkte dies wohl, allein fehlten ihm Kraft und Wille, aus all den wohlmeinenden und gutmütigen Worten noch Hoffnung zu schöpfen. Tun könne man jedoch vorerst nichts mehr für ihn, hieß es weiter, und Spielmann ging, stieg in den Wagen und wollte zurück ins Gästehaus fahren, entschied sich aber dann anders und fuhr ohne Ziel durch den Ort, langsam und beobachtend, steuerte dann in den nächsten Ort, auch hier wieder mit scharfem Blick nach rechts und links Ausschau haltend, fuhr dann in den nächsten Ort an der Küste, und in den nächsten und den nächsten, so lange, bis der Himmel dunkelblau wurde. Wieder ließ sich Spielmann auf dem Bett nieder, fuhr sofort wieder hoch, weil er glaubte, einen der Küstenorte auf seiner Suchfahrt vergessen zu haben, spürte sein Herz wüten, sein Hemd im Schweiß auf der Haut kleben, die Zunge im trockenen Mund verdorren, hörte seinen Atem rasseln, und fühlte, wie ihn der kalte Griff der Angst im Nacken fasste und seinen Oberkörper nach vorne auf seine Oberschenkel drückte, während er in sich Zuckungen spürte, deren er nicht Herr wurde, genau so wenig wie über die Flüssigkeiten, welche aus Augen und Nase auf den Stoff der Hose rannen.

Spielmann wusste, dass er hier im Badeort nichts mehr ausrichten konnte, fühlte sich aber völlig außerstande, ohne Marianne zurückzukehren, war getrieben vom Drang, weiter nach ihr zu suchen, ohne im Augenblick zu wissen, wo sich das Suchen noch lohnte. Er marschierte über Strand und Dünen, kilometerweit und tagelang, nur um nicht untätig zu sein und um die Angst kleinzuhalten, fuhr auch weiterhin die Orte an der Küste ab, rief Mariannes Bruder an und fragte nach, ob sie sich gemeldet hätte, ließ in der im Landkreis erscheinenden Tageszeitung ein Bild von Marianne veröffentlichen, wartete, hoffte, focht ständig gegen die ihn allmählich übermannende Verzweiflung an, vergaß zu essen und zu trinken, fand kaum Schlaf. Sein immer schmaler werdendes Gesicht mit den flackernden roten Augen fand sich schließlich von einem ungeordneten Bart überwuchert, das ungewaschene Haar stand ihm struppig vom Kopf. Spielmann harrte wieder einmal am Fenster aus, am geschlossenen Fenster, nach wie vor unfähig, sich in vier Wänden dem Geräusch der Brandung auszusetzen, legte die Jacke ab, die er ständig am Leib trug, entledigte sich endlich auch dem verschwitzten Rest seiner Kleidung, zog dann die Vorhänge zu und legte sich ins Bett, konnte aber auch im Schlaf den Umständen, die ihn umtrieben, nicht entfliehen. Irgendwo zwischen wacher Verzweiflung und dem ohnmächtigen Hinübergang in den Bewusstseinsverlust war ihm, als täte sich vor ihm eine lange Straße auf, die in kaltem Regen silbern glänzte, deren Rand von schwarzen Bäumen bestanden war, welche sich als langarmig wabernde Schatten mit tastenden Fingern gebärdeten, während eine flüchtige Frauengestalt, ebenso nur ein schwarzer Schatten mit unscharfem Umriss, jedoch in Mantel und Stiefeln, sich von ihm abwandte und auf der silbernen Straße von ihm ging, dann unvermittelt innehielt und sich umdrehte, jedoch ohne dass er ihr Gesicht ausmachen konnte. Sie schlug den Kragen hoch, steckte die Hände in die Taschen und wandte sich von ihm ab, entfernte sich schnellen Schrittes mit laut pochenden Absätzen, während Spielmann in seiner Ohnmacht ein heißes Angstgefühl spürte, das von seinem Unterleib bis zum Kinn hinaufkroch und ihn unsanft zu sich selbst zurückkehren ließ, den Bildern aus dem Schlaf genauso ausgeliefert wie der der Ausweglosigkeit der Wirklichkeit.

*

In einem Brief von Rolf Hagens Rechtsanwalt erfuhr Spielmann, dass eine Sammelklage gegen das Bauunternehmen angestrengt würde, jedoch könne bis zum eigentlichen Rechtsstreit vor Gericht noch ein Jahr vergehen, und auch dessen Dauer sei aufgrund der derzeitig noch unübersichtlichen Lage, in der sich das Unternehmen befände, nicht abzusehen und könnte sich wohl bis zu einem weiteren Jahr hinziehen, und nach wie vor konnte seitens des Unternehmens niemand sagen, ob es mit dem Bau von Häusern weitergehen oder ob Geld zurückerstattet würde.

Spielmann faltete das Papier zusammen, steckte es in den Umschlag, legte diesen zur Obstschale auf den Küchentisch. Er brauchte kein Haus mehr, es hatte keinen Nutzen mehr für ihn, zumindest nicht in der Größe, in der er es beauftragt hatte, und er hatte keine Freude mehr daran, sich ein neues Haus vorzustellen, das ein Heim werden hätte können für ein kleines Kind und dessen Mutter. Der Gedanke an das im Augenblick verlorene Geld beunruhigte ihn natürlich, aber trotz der ansehnlichen Höhe des Betrages schien ihm diese Einbuße angesichts seines eigentlichen Verlustes als nicht mehr wichtig. Rolf Hagen hatte ihn besucht, er hatte festgestellt, dass der Maler antriebslos geworden war, oder viel gewichtiger: Der Maler hatte aufgehört zu malen. Ein ungekämmter, gealterter Mann im ungebügelten Hemd, dem der Sinn des Daseins verlorengegangen war, hatte Hagen die Tür geöffnet, und dieser Mann war kaum zu mehr zu bewegen, als am Küchenfenster zu sitzen und über Feld und Wald zu starren. Spielmann war kein Mann der Verzweiflung, die Hoffnung jedoch hatte ihn verlassen. Täglich ging er in die Malstube, hob das Tuch über das letzte gemalte Bild auf der Staffelei beiseite, betrachtete es und fühlte doch keine Verbindung mit ihm, so als wäre der Maler, der den Strich geführt, ihm unbekannt, und als wären Pinsel und Farbtuben ihm fremde Gegenstände. Spielmann dachte daran, wie wunderbar es jetzt wäre, ein Trinker zu sein, dann könnte man sich sinnlosen, betäubenden Räuschen hingeben, oder zumindest ein Raucher, um sich auf ewig in nebligen Dunst zu hüllen, aber Süchte dieser Art waren ihm fern, und er fand keinen befriedigenden Weg, seiner Wirklichkeit wenigstens für ein paar Stunden entfliehen zu können. Schließlich begann er, sich in Schlaf zu flüchten, legte sich bereits eine Stunde nach dem mittäglichen Aufstehen wieder hin, verschlief den Nachmittag auf dem Sofa, fand sich wieder in der ausweglosen Öde und dem Schmerz seiner Zustände, wusste nicht, wohin mit seiner Daseinsberechtigung als Mensch, setzte sich in den Sessel, starrte ins Halbdunkel und neidete dem Vetter des Bauern Modersohn sein Farbfernsehgerät. Der Bauer Modersohn selbst war nach seinem Aufenthalt im Krankenhaus geschwächt und mager auf den Hof zurückgekehrt, konnte jedoch nicht mehr arbeiten, da der Herzanfall die gesundheitliche Verfassung des einst so zähen Landwirtes dauerhaft beeinträchtigt hatte, und, so hatte es Spielmann nach seiner Rückkehr erfahren, es war nicht mehr viel Zeit vergangen, bis die Bäuerin eines Morgens neben einer kalten Leiche aufgewacht war. Der Tod des Dorfes fordert auch unter den Bewohnern Opfer, so dachte Spielmann, und er fühlte, wie ihm ein beklemmendes Gefühl dabei heiß durch den Körper fuhr, ein plötzliches Gefühl der Mitschuld daran, dass ein kleines Mädchen keine Mutter mehr hatte, denn, so schien es ihm, all dies wäre nicht geschehen, hätte er Marianne nicht begehrt, sie nie gemalt, sich ihr nie genähert. Er erhob sich vom Sessel, wanderte unruhig durch sein Haus, um dies schlechte Gefühl abzuschütteln, spürte dabei, wie sein Herz beschleunigte und ihm der Schweiß ausbrach, bis er wieder zurück aufs Sofa fand, das Gesicht in den Handflächen vergrub und mit den Fingern die Stirn knetete, dies nur, um sich abzulenken bis zum nächsten Angstangriff. Die Bilder kamen ihm zurück, die Bilder jener Frau auf der silbernen Straße, die sich von ihm abwandte und noch einmal umdrehte, nur um dann an den schwarzen Schatten der Bäume entlang-zugehen und sich im kalten Regen aufzulösen, und diese Bilder wollten nicht mehr weichen, hafteten vor seinem Gesicht in fast greifbarer Deutlichkeit und Schärfe, so fest Spielmann auch die Augen schloss, und er verspürte einen starken Drang, an die gegenüberliegende Wand zu treten und seinen Kopf dort anzuschlagen, auf dass dieser endlich wieder frei werden, die Hoffnung wiederkehren und ein helles Morgen auf ihn warten möge.

An einem der nächsten Tage bat Spielmann schließlich den Vettern des Bauern Modersohn, ihn mit dem Wagen hinüber ins Nachbardorf zu fahren, brachte dafür sein Äußeres in Ordnung, um sich lästige Fragen und misstrauische Seitenblicke zu ersparen, wusste aber wohl, dass er sein schmal gewordenes, blasses und kantiges Gesicht nicht verbergen konnte, ebenso seine fahlen Augen, die nun stetig flackernd und unruhig in die Ferne gerichtet schienen. Der Vetter des Bauern Modersohn tat während der Fahrt so, als bemerkte er nichts davon, hielt einen gleichmäßig plätschernden Redefluss in Gang, erwähnte dabei unter anderem, dass in der Auskunftsstelle der Stromgesellschaft die zuvor tätige junge Dame nicht mehr da sei, sondern ein stets hemdsärmeliger älterer Herr ihren Platz eingenommen habe, der einen schwarzen Sportwagen neuesten Jahrgangs fahre, so wie er ihm, dem Vetter, auch schon längst gefiele. Spielmann war nicht zum Gespräch zu bewegen, nickte nur oder gab abwechselnd einsilbige Laute der Zustimmung oder Ablehnung zu Gehör, und war froh, als er schließlich am Bahnhof des Nachbardorfes abgesetzt wurde.

Es war ein stiller Vormittag, Spielmann fand sich allein im Bahnhofsgebäude, was ihm nur recht war, musste sich nur während des Kaufs der Fahrkarte vor dem Bahnbeamten mühen, die Bilder und Wallungen in ihm etwas im Zaum zu halten und den Anschein eines Menschen, dem nicht widerfahren war, was ihm widerfahren war, aufrechtzuerhalten.

Auch draußen am Gleis wartete außer ihm niemand auf den Zug. Er ging langsam am Bahnsteig entlang, setzte sich auf eine Holzbank und schaute hinaus, nach vorne, wo hinter einer Reihe aus Bäumen und Sträuchern das flache, von milder Sonne beschienene Land lag, blickte zur einen Seite, wo sich das Bahngleis an einem nicht mehr fassbaren Punkt in der Landschaft verlor, blickte zur anderen Seite, wo sich ihm der selbe Anblick bot. Über sich, in der blauen Verlorenheit des Himmels, fand Spielmann den grellen Abgasstrahl eines Flugzeugs. Glückliche Leute, dachte er, glückliche Leute, die in den Urlaub fliegen, in heiterer Stimmung, die nichts ahnen vom Elend, das hier unten sitzt und nur zuschaut. So saß der Maler, der nicht mehr malte, auf seiner Bank, gekrümmt und bewegungslos, und als der Zug einfuhr, fiel es ihm schwer, sich zu erheben und einzusteigen, und auf der Fahrt sagte ihm die vorbeiziehende Landschaft nichts, sie schien ihm leer und freudlos, und erst die Ankunft in der Kreisstadt brachte etwas Geist in seinen ermüdeten Körper zurück. Bevor er sich in ein Taxi setzen und sich zu seinem eigentlichen Ziel bringen lassen konnte, hatte Spielmann noch eine andere Idee, und er machte sich zu Fuß auf den Weg zu dem Spielzeugladen, den er schon einmal in Begleitung Charlottes besucht hatte. Dort suchte er nach dem Korb, aus dem das Mädchen sich das violette Stofftier ausgesucht hatte, und begann darin zu wühlen, bis sein Blick an einem grün schillernden, froschähnlichen Wesen haften blieb, und er sich daran erinnerte, wie sich Charlotte über die Frösche im Teich begeistert hatte, und diese Erinnerung war es, die seinem Gesicht endlich eine dauerhafte Aufhellung verlieh. Draußen hielt er ein Taxi an und ließ sich Minuten später an seinem Bestimmungsort absetzen. An der Klingeltafel mit zahlreichen Namen suchte er nach dem richtigen, läutete und lief nach oben. Die gesuchte Tür fand er nur einen Spalt geöffnet, darin konnte er Mariannes Bruder ausmachen, der zunächst nicht gewillt schien, die Tür weiter zu öffnen, und Spielmann, von dieser Geste der Unhöflichkeit unangenehm berührt, fragte, ob er wohl Charlotte sehen könne. Der Mann im Türspalt verneinte, dies ginge im Augenblick nicht, es sei ein schlechter Zeitpunkt, es täte ihm leid, und der Türspalt wurde noch schmaler. Spielmann beeilte sich zu sagen, dass ihm sehr viel daran läge, das Mädchen zu sehen und sie sich über ein Wiedersehen sicher freuen würde, aber zur Antwort bekam er lediglich eine Wiederholung des eben schon Gesagten, es sei ein schlechter Zeitpunkt und es täte einem wirklich leid, und vielleicht ergäbe sich irgendwann einmal eine andere Gelegenheit. Spielmann wollte sich nicht geschlagen geben, wies darauf hin, dass er eigens vom Dorf hierhergereist war, um das Mädchen zu sehen, und es wäre wichtig für ihn zu wissen, wie es ihm ginge. Die Stimme seines nahezu unsichtbaren Gegenübers wurde ungeduldiger und etwas lauter, Charlotte ginge es gut, sagte er, aber Spielmann könne sie jetzt auf keinen Fall sehen, er möchte bitte gehen, und damit schloss sich die Tür. Spielmann klopfte einige Male, aber die Tür blieb geschlossen, und es blieb ihm nicht viel mehr, als die Papiertasche, in der sich das Stofftier für Charlotte befand, auf dem Fußabstreifer abzulegen und zu gehen. Auf der Straße ging Spielmann zunächst ziellos einher und überlegte, ob er die Orte noch einmal aufsuchen sollte, an denen er mit Marianne gewesen war, befand aber, dass dies Zeitverschwendung sei und seine innere Notlage überdies nur noch gesteigert hätte, so ließ er sich von einem herbeigewunkenen Taxi zurück zum Bahnhof fahren. Daheim angekommen, wollte sich Spielmann nicht seinen bedrückenden Wänden aussetzen, sondern ließ sich hinter dem Haus auf einen Stuhl fallen, mit dem freien Blick über die Felder bis hin zum Waldrand. Früher hatte ihn dieser Ausblick entspannt und beruhigt, jetzt fingen dabei seine Gedanken an zu laufen, zu wirbeln und schließlich zu rasen, und es quälte ihn wieder der Anblick der entweichenden Frauengestalt auf der vom Regen silbernen Straße.

*

Das erste Haus, welches aufgrund der zu erwartenden Bagger schließlich zum leerstehenden Geisterhaus wurde, war jenes der Witwe Kreisler. Seine Türen und Fenster wurden eines Tages mit Brettern vernagelt, das Grundstück abgesperrt, und das filzige Gestrüpp rings um das wackelige Holzhaus schien es bald umschlingen und erdrücken zu wollen wie Dornen die Mauer im Märchen. Wo die Witwe Kreisler jedoch geblieben war, wusste im Dorf kein Mensch, denn sie war von einem Tag auf den anderen nicht mehr dagewesen und hatte sich auch von niemandem verabschiedet; so dauerte es nicht lang, dass man sich bei der Feldarbeit oder am Wirtshaustisch erzählte, die Kreisler sei gar noch in ihrem Haus, vielleicht tot, vielleicht noch lebendig, und wolle zusammen mit ihm untergehen. Ohnehin läge seit dem angekündigten Ende des Dorfes ein Fluch auf ihm, so hieß es, denn nicht nur die Witwe Kreisler war plötzlich und spurlos fort und der Bauer Modersohn gestorben, sondern auch die Geliebte des Malers Spielmann sei verschwunden, jene junge Frau von der Auskunftsstelle der Stromgesellschaft, mit der er sich immer heimlich getroffen habe, obwohl doch jeder gewusst habe, dass die beiden ein Verhältnis hatten, und auch ihr Verschwinden sei rätselhaft, zudem die Rolle des Malers in diesem Fall wohl auch zwielichtig und ungeklärt... Spielmann hatte diese Geschichten bald gehört, hatte auch die schiefen Blicke einiger Dorfbewohner bemerkt, allein war ihm all jenes gleichgültig. Er hatte in den letzten fünfzehn Jahren viel Verständnis für die Eigenheiten der Leute im Dorf entwickelt, dazu gehörte auch, dass sich Nachrichten, ungeachtet ihres Wahrheitsgehalts, schnell fortpflanzten, aber er sah sich nicht berufen, den Dörflern dies vorzuhalten, denn er wusste genau, dass in städtischen Mietshäusern kaum weniger getratscht wurde als in ländlichen Wirtsstuben.

Zum Haus der Witwe Kreisler gesellten sich im Lauf der Zeit schnell weitere Geisterhäuser. Der Hof des Bauern Fenk verkam nach dem Abzug seiner Bewohner zur leblosen Landwirtschaftsruine, deren nun vorhanglose Fenster den Vorübergehenden mit totem Blick folgten, im Südwesten des Dorfes verließen die Bewohner eines unmittelbar nach dem Krieg eilig und preisgünstig aufgestellten Reihenhauses ihre vier Wände, und kurz danach sprach es sich rum, dass auch der Vetter des Bauern Modersohn von der Stromgesellschaft entschädigt worden war und sich in der neu entstehenden Siedlung ein noch zu bauendes Einfamilienhaus gesichert habe: abgeschottet mit Maschendraht, verziert durch eine einsame Blaufichte auf kahlem Rasen, Südterrasse. Spielmann hatte noch kein Geld von der Stromgesellschaft erhalten, und auch hatte er die Suche nach einem neuen Haus nicht aufgenommen. Wohl war er sich bewusst, dass die Zeit des Dorfes und damit auch seine Zeit des Verweilens und der Untätigkeit ablief, aber die Ereignisse der vergangenen Zeit hatten seinen Eifer gelähmt, und auch als die Entschädigung schließlich kam, köchelte das innere Freudenfeuer des Malers nur als kleine kalte Flamme. In dieser Zeit wachte er eines Morgens auf, zur Unzeit von Maschinenlärm geweckt, und trat missmutig aus dem Haus, um den Störer seines Friedens auszumachen, brauchte dann eine Weile, um die Richtung zu orten, von welcher die lauten Motorengeräusche zu ihm drangen, ging dann hinters Haus ein Stück hinaus aufs Feld und sah schließlich, dass ein Bagger das Grundstück der Witwe Kreisler erobert und damit begonnen hatte, mit Hieben seines Greifers das alte Haus zu zerstören, während ein Lastwagen wartete, um dessen Überreste aufzunehmen. In weniger als einem Vormittag verrichtete der Bagger seine Arbeit, und als Haus und Gehölz eingeebnet waren, befand sich Spielmann in einem Zustand zwischen Erstaunen und Fassungslosigkeit, nämlich als er bemerkte, wie sehr dieser hölzerne Bau in seiner Nachbarschaft bislang die Aussicht über diesen nördlichen Teil des Dorfes beherrscht hatte, und wie groß nun die Lücke in der Landschaft war, die dort klaffte. Aber es war nicht mehr wichtig. Spielmann erkannte die Wirklichkeit. Niemand würde sich mehr dafür interessieren, wie sehr ihn dieses

Loch in der Umgebung seines Hauses beeindruckte, denn bald würde es nur noch Lücken und Löcher geben, und es würde bald kaum noch jemand da sein, dem er davon berichten konnte. Die Häuser gingen, mit ihnen die Menschen – es gab kein Gestern mehr. Diese Erkenntnis löste etwas aus in ihm, trieb ihn an, erweckte ihn – der Maler begann wieder zu malen, fand nicht nur zurück zu seiner Staffelei, sondern auch zu sich selbst, jedoch nicht zu seinen Gesichtern oder fröhlichen Landschaften. Eine andere, neue Idee trieb ihn um, und es sollte ein großes Bild werden, ein großes Bild auf der größten Leinwand, die er besaß. Mit Eifer stellte er sie auf die Staffelei und griff auch zu neuen, ungewohnten Farben. Das Bild, das er im Kopf hatte, war ihm deutlich, so hatte er keine großen Mühen zu überwinden, es auf der Leinwand zu verlebendigen. Er mühte auch nicht das feine Rotmarderhaar, sondern griff zum groben Borstenpinsel, trug die Farbe reichlich auf, schuf einen großen, dunklen Hintergrund zunächst. Es füllte sich die Leinwand mit schwarzem, dichtem Glanz von einem Ende zum andern, dabei nicht platt flächig, sondern von vollem, mehrschichtigem Auftrag, die räumliche Wirkung verstärkt noch durch die vorsichtig und in geringsten Mengen durchgeführte Anwendung eines sehr dunklen Blaus, welches das Schwarz jedoch nicht aufhellte, sondern im Gegenteil seine farbliche Tiefe betonte und gleichzeitig klarer und funkelnder erscheinen ließ. Diese Vorgehensweise war durchaus mit jener zu vergleichen, die Spielmann auch bei seinen Gesichtern anwandte, um mit dem, wie er es nannte, ‚Auslöschen' der hellen Leinwand mit einer dunklen, aber durch die sorgfältige Abstufung ihrer Farbtöne räumlich erscheinenden Oberfläche, einen zwar zurückhaltenden, aber dennoch wirkungsvollen Hintergrund zu schaffen, und auch jetzt schon, in diesem frühen Abschnitt des entstehenden Bildes, beeindruckte das Vollbrachte trotz seiner offensichtlichen Gegenstandslosigkeit mit der düster glitzernden Schlichtheit seiner Ausführung. Spielmann trat, die Palette in der Hand, einige Schritte zurück, nahm die Leinwand in genauen Augenschein. Nicht zu betrachten, was er bereits vollführt hatte, war seine Absicht, ihm ging es um den nächsten Schritt, und sein Innehalten vor dem ersten Strich glich jener gedanklichen Sammlung, die der

Kühne vor der großen Tat benötigt. Was es nun galt, stand für ihn längst fest: In all dem Dunklen auf der Leinwand galt es nun, mit Hellem dagegenzuhalten. Spielmann griff zu Weiß, griff zu Silber. Mit schnellen, geübten Handgriffen, den Blick dabei kaum auf die aus den Tuben quellenden Farben gerichtet, sondern stets auf die Leinwand, mischte er die Farben, ließ diese jedoch nicht völlig ineinander aufgehen, sondern brachte eine marmorierte Mischung hervor, und hoffte, so auch in der zu erstellenden hellen Hälfte des Bildes eine eindrucksvolle Tiefe zu erzielen. Mit der sicheren Hand des in seinem Betätigungsfeld Erfahrenen begann Spielmann zunächst mit weiter nichts als einem haselnussgroßen Tupfer in der Mitte der rechten Bildhälfte, noch in reinem, hellsten Weiß gesetzt, zog dann, ohne den Pinsel abzusetzen, mit der Mischfarbe um diesen sich windende und immer größer werdende Kreise, die in Breite und Höhe bald den Bildrand erreichten, füllte dann die Räume zwischen den Kreisen auf, ohne den kreisenden Schwung der Hand zu unterbrechen. Eine zweite Farbschicht in lichtem Grau sorgte dafür, dass die helle Fläche nach außen hin zu den Rändern gedämpft erschien, während ihr Mittelpunkt hoffnungsvoll erstrahlte, gleich der bleichen Sonnenkugel hinter nassen Wolken. Spielmann hatte darauf geachtet, die Bildmitte, in der die dunkle mit der hellen Hälfte zusammentraf, genau einzuhalten, und dies gab ihm jetzt die Möglichkeit, noch einmal mit Schwarz und Schwarzblau einen Übergang zwischen Links und Rechts herzustellen. Der Borsten-pinsel wurde beiseite gelegt, Spielmann griff zum Fächerpinsel und tunkte ihn tief in das angemischte Schwarz, so dass die Farbe dick vom Marderhaar troff, und stupste und tupfte es dann am rechten Rand der dunklen Fläche von oben nach unten, ohne dabei dem geraden Strich zu folgen, hinterließ oben rechts mehr Auftrag als unten links. Der Maler arbeitete dabei ganz entgegen seiner Gewohnheit und sonst üblichen Arbeitsweise schnell und aus dem Augenblick heraus, dabei jedoch immer achtgebend, das Bild in seinem Kopf möglichst genau herauszuarbeiten. Dies brachte ihn zum nächsten Bestandteil, dafür benötigte er mehr von der Silberfarbe, setzte diese mit dem Fächerpinsel rechts unterhalb der dunklen in einer Waagrechten bis über die helle Fläche hinweg zum rechten Bildrand an, in ebenso groben Tupfern, wie er soeben den schwarzen Rand getupft hatte. Mit einem kleinen Pinsel und zurückhaltend eingesetztem Dunkelgrau verlieh der Maler dem Pfad eine lebendig wirkende Oberfläche, benutzte danach, einer plötzlichen Eingebung folgend, die gleiche Farbe, um mit einigen nahezu senkrechten Strichen dem schwarzen Bereich eine dingliche Greifbarkeit zu verleihen, die Ahnung verstärkend, dass es sich hier nicht um Fläche, sondern Raum handelte, dass alles Schwarz nur vordergründig war und dass es in ihm ein Dahinter barg. Um den silbernen Pfad noch mehr von Hell und Dunkel abzuheben, arbeitete der Maler mit dem feinsten Pinsel winzige Lichtpunkte weißer Farbe in seine Oberfläche, eine langwierige Kleinarbeit, die den Geduldigen forderte, sich jedoch lohnte, denn als Spielmann im Anschluss zwei Schritte zurücktrat, stellte er zufrieden fest, dass aus dem Pfad eine silberflammende Straße geworden war, welche den Betrachter vorbei am Schwarz hinein in die lockende Helligkeit führte. Er reinigte eilig den feinen Pinsel vom Silber und begann am rechten Rand des Dunkels flüchtige Strichel anzusetzen, die sich nach oben hin schließlich zu dichten, lichtlosen Baumkronen auswuchsen, deren Zweige und Äste hinein in das Geheimnis des Lichts fingerten. Genau an dieser Stelle der Gegensätzlichkeit war es Spielmann wichtig, einen weichgezeichneten Übergang zu schaffen, so griff er zu einem trockenen, breiten Pinsel und schuf furchtlos und schnell die gewünschte Wirkung mit einigen wenigen farblosen, waagerecht gewischten Schwüngen. Danach hielt der Maler kurz inne. Wohl wusste er, welcher Bestandteil diesem Gemälde noch fehlte, allein war ihm so, als müsse er tief Luft holen, bevor er sich der Herausforderung stellen konnte. Dieser Augenblick des Innehaltens währte nur kurz, Spielmann zögerte nicht länger, griff wieder zur schwarzen Farbtube, gab davon reichlich auf die Palette, wählte den passenden Pinsel. Mit der schwarzen Farbe ging er mitten hinein in den linken, den leuchtend hellen Bereich des Gemäldes. Scharf hob sie sich vom Hintergrund ab. Spielmann deutete zunächst nur an, wollte sich ein Gerüst aufstellen, bemühte sich, das Gemälde in seinem Kopf genau wiederzugeben. Ein paar schwarze senkrechte Striche zunächst, ein kurzes Abwägen. Mehr

Farbe, mehr Striche, mehr Körperhaftigkeit. Eine Gestalt, eine menschliche Gestalt. Zwei lange, schlanke Beine in Bewegung. Ein Oberkörper, ein Kopf. Arme, an den Händen wie in den Körper zurücklaufend, in die Andeutung eines Kleidungsstückes, eines Mantels. Lange, im Wind wehende Strähnen. Der Betrachter erkennt jetzt die weibliche Gestalt, erkennt auch, dass sie sich auf der silbernen Straße von ihm wegbewegt. Spielmann setzt winzige Einzelheiten: Die Andeutung von Stiefeln, eine Falte im Mantel, eine Unschärfe, um Bewegung anzudeuten. In Schwarz, immer noch alles in Schwarz. Dann ein trockener Pinsel: Der Maler wischt damit über die Frauengestalt, zeichnet auch ihre Umrisse weich, verleiht damit ihrer Wegbewegung noch mehr Glaubhaftigkeit. Wischt auch den Übergang der Straße ins Helle weich. Sie werden eins.

*

Es war spät geworden, der Tag vergangen. Spielmann hatte sich Erleichterung davon erhofft, das Bild in seinem Kopf aus seinem Kopf hinausgemalt zu haben, aber dieses kräftezehrende, erschöpfende Unterfangen zeigte nicht die gewünschte Wirkung. Er fühlte den Schmerz dessen, was ihm zugestoßen war, umso stärker, und wusste einmal mehr nicht, wie er sich ihm entziehen oder stellen sollte. Beim Hineinsehen in sich selbst und auch beim Blick aus dem Fenster blieb ihm auch jetzt nur eine Frage: Wo ist meine Welt geblieben? Man lebte in einer Zeit der Verluste. Sich davon verstören zu lassen, war leicht. Der Maler wünschte sich seine Entschlossenheit zurück, mit der er den ersten Nachrichten vom geplanten Sterben des Dorfes begegnet war. Er hatte sie mit Marianne verloren. Er hatte dabei auch die Berührung mit sich selbst eingebüßt und fand sich nun unfähig, in sein früheres Selbst zurückzukehren. Nichts wünschte er sich mehr als einen halt-losen, erlösenden Gefühlsausbruch, sei es in Form eines Wutan-falls, sei es in Form von Tränen, aber diese Art der Erleichterung blieb ihm versagt, denn seine Selbstbeherrschung war stärker, und die Qual, die daraus erwuchs, schien ihm unerträglich. Er sehnte sich nach einer gereichten Hand, nach einer beruhigenden Stimme, nach einer Anweisung, nach Geregeltheit.

In diesen und den folgenden Tagen saß der Maler oft einfach nur auf seinem Ruhelager, unfähig, sich zu erheben, unfähig, den Gedanken und Bildern, die ihn verfolgten, zu entkommen, und er fürchtete, sich am Rand einer dauerhaften Schwermut zu befinden, die nicht mehr von ihm weichen würde. Was ihn schließlich eines Tages doch noch zu sich kommen und von der Dachkammer nach unten steigen ließ, war jener Lärm, der ihm schon vertraut war: Die dumpfen Schläge einer Abrissbirne, die Motoren von Baggern, das Tuckern eines wartenden Lastwagens, das Geräusch eines sterbenden Hauses. Spielmann trat ins Freie. Es fiel der Hof des Bauern Schmidt, unten am Beginn von Spielmanns Straße. Nachdem der Kran mit der Stahlkugel sein zerschlagendes Werk verrichtet hatte, fraß sich der Greifer des Baggers in die letzten stehenden Mauern des einstigen Baudenkmals und ließ diese zusammensacken. Ein Arbeiter bändigte mit dem Strahl aus einem Wasserschlauch die aufsteigenden Staubwolken des zerfallenden Hauses. Bald würde ein Schaufelradbagger darüber hinweggehen, ein eisernes Untier, acht Stockwerke hoch, würde das Gelände und das restliche Land leerfressen und weiterziehen.

Spielmann hatte genug gesehen. Er ging zurück ins Haus, schlüpfte aus der seit Tagen nicht mehr gewechselten Kleidung, nahm ein Bad, rasierte sich, kämmte und klebte danach sein Haar mit Frisiercreme zur Seite, zog sich ein frisches Hemd an. Nach einer Tasse Tee und, mangels anderer Vorräte, einem trockenen Brotkanten griff er zu seiner Jacke und hängte sich die Kamera um den Hals. Vor dem Haus blickte er noch einmal hinunter, über die dampfenden Reste des Schmidt'schen Hofes, überlegte kurz, ob dieser Anblick einer Fotografie würdig war, sah dann über die Schulter, hinweg über die in der sinkenden Sonne goldbraun liegenden Felder und den grün leuchtenden Wald.

Ruinen gibt es schon genug, dachte Spielmann bei sich, in diesen Tagen der Abrissbagger gilt es jedoch, das Schöne festzuhalten.

Er zögerte nicht länger und trottete hinaus, hinaus aufs freie Feld.